リハビリの結果と責任

絶望につぐ絶望、そして再生へ

池ノ上寛太
Ikenoue Kanta

三輪書店

はじめに

49歳の夏のことでした。交通事故を起こしてしまった私は、その影響で重度の障害者になっていました。当初、それでもまだ私の頭の中は企業人として戦闘モードいっぱいで、置かれた厳しい現実と頭の中で考えることがあまりにも乖離しすぎていたにもかかわらず、気持ちのどこかで「リハビリのことはリハビリスタッフにお任せしていれば大丈夫だ」と、一方的に安心していました。しかしながら日が経つにつれ、リハビリスタッフの言葉やリハビリのやり方に非常に疑問な点を感じるようになっていきました。仕事の関係で多くの企業人と接していた私は、関わるそのいずれの方々も皆必死で熱く、双方ｗｉｎ－ｗｉｎであろうと、全力でその関係を保とうとしていましたから、企業人としての自分の世界で築き上げられた固定観念で、直面しているこのリハビリの世界でもリハビリスタッフは職業として携わるわけだから、きっとその思いは同じだろうと何の疑念もなく思い込んでしまっていたのです。しかしながら現実は、私の思い込みになかなか比例せず失望ばかりさせられることに遭遇するのでした。

3カ月、4カ月で転院を余儀なくされる、まるで自分がリハビリ難民にでもなったように感じていたとき、まさに辿り着いたという言い方が適切なのかもしれませんが、私にとって最後の病院となる病院で、ある医師とリハビリスタッフに出会ったのです。そのことは、後になってそれを語るとき、「幸運にも」という言葉で、何十回、何百回表現してもまだ足りないほど私にとって非常に幸運で劇的な出会いになったのです。医師からは自暴自棄になっていた気持ちを癒され、心底勇気づけられ、またリハビリスタッフからはこれから行うリハビリについて論理的で納得のいく説明をしてもらい、暗中模索の中でややもすると惰性的になり、究極は残された人生までもぞんざいに考えてしまいそうになっていた自分を引き止めてくれました。

それまでの病院では自分の将来に対して何の指標も見い出せなかったのに、最後となる病院ではリハビリをがんばれば、まだまだ自分の人生を少しでも取り戻せるかもしれないと感じている自分との違いは一体なんなんだと。どこがどう違うのか。それまでに出会ったリハビリスタッフが患者に接するときの、あまりに事務的な時間配分であったり、患者が希望を見い出せる余地のない事実だけを伝える気配りのなさだったり、患者は患者でそれらを敏感に感じ、一種のあきらめにも似た虚無感に陥らされていたというのはあったかもしれません。

リハビリスタッフとリハビリについて意見を交換することで、それまでわからなかったいろいろなことがわかってきました。その中に、私が勘違いをしていた部分も多々ありました。事故後1年半ほどして初めて笑うことができたのもリハビリスタッフの思いやりの中でのことでしたし、現役時代は自分で自分をモチベートできていたのに、それらがまるでできなくなり、ただ絶望感に打ちひしがれていた状況から脱出させてもらったのも、医師の先生方やリハビリスタッフの勇気を感じさせる会話を通してのコミュニケーションのおかげでした。リハビリスタッフ、特にまだ若いスタッフの方々には大いに自分のリハビリ観を持って、患者とコミュニケーションを図ってもらえればと思います。これからの日本のリハビリの歴史を、まさに今現在つくっている方々なのですから。

最後に、書籍化の運びに至ることができましたのも、医師の先生方やリハビリスタッフの方々、三輪書店の山中恭子様ほか、多くの方々の多大なるご指導ご声援のおかげだと、心より厚くお礼を申し上げる次第です。

二〇〇九年九月

目次

第一章　家族旅行中の事故—闘いの始まり

第二章　リハビリ技術の格差―わき上がる疑問と心の葛藤

第三章　繰り返されるゴールの見えないリハビリ

第四章　リハビリの結果と責任

第七章　闘病生活の終わり

装幀　関原直子

第一章

家族旅行中の事故——闘いの始まり

事故直後の記憶

何の前ぶれもなく、その日は突然やって来ました。夏も盛りの八月二日。それは、四十九年間乾燥しきった競争社会の中で、ただ一度も後ろを振り返ることなどなく、ひたすら顔を上げ、前ばかりを見続け闘って生きてきた世界との終戦の日でした。そして同時にそれは、医療的にも社会的にも、また経済的にも新しい闘いを余儀なくされた私にとって、二つ目の世界での過酷な開戦の日でもありました。

その当時、私、妻、息子の三人家族の中で、息子は大学の四年生になっていて、就職もすでに内定し大学最後の夏休みを謳歌していました。妻は空いた時間を見つけてはアルバイトに行ったり習いごとをしたりして、家事全般をこなしていました。私は貿易関連の会社に勤務していて、朝、出勤をすると帰宅はほとんど夜中という慌しく忙しい毎日を送っていました。その頃の私は、二十四時間のうちの一時間を、さらに六十に割って使うような多忙な日々を送っていました。そんな家族でもおのおのが少しばかりの時間をつくり、年に一度は必ず家族旅行を実行していました。

その年は、八月に家族旅行の計画を立てていました。一日目は山間の温泉でゆっくりし、翌日は多忙がゆえに日常ではめったに経験ができない澄み切った空気にどっぷり浸れる高原にでも行って大いに英気を養う計画でした。計画は予定どおりに実行され、私たちは温泉を満喫し、翌朝早く高原に向かって発とうとしていました。外に出てみるとその日はあいにくの空模様で、鉛色の雲が厚く垂れ込めいつ雨が降り出してもおかしくないような天気でした。私たちは高原で少し早めの昼食を摂り、雨が降り出す前に帰路につこうということで、急ぎ、高原を走り抜ける曲がりくねった道路に侵入したときでした。そのとき、私はすでに車中の後部座席で深い眠りに落ち込んでいましたが、「ゴーン」という物音で私は眼を覚ましました。倒れ込んだ座席から起き上がろうと必死にもがくのですが、体はまったく動かず声も出ません。ただ、浅く小刻みに息をすることのみで、かろうじて自分を保っているのがわかりました。

「父さん、死ぬなよ！　まだやり残していることがたくさんあるだろう！」

耳元で息子が大きな声で叫んでいました。一瞬、何がなんだかわかりませんでしたが、しばらくして自分たちが交通事故を起こしたことを認識しました。

「当たり前だろう！　死ぬわけがないじゃないか！　死んでたまるか！」

私も一生懸命大声で叫び返すのですが、声になって出ていませんでした。誰かが開けてくれた後部座席のドアに私は倒れかかるように崩れていきました。その崩れ落ちた私の顔に、いつしか降り出した小さな雨が無数に落ちてきて、それがとても心地よくさえ感じられました。

「救急車はまだか…」

「オーイ！　オーイ！　お名前は？　お名前は？　きっと助けてあげるからな！　がんばれ！」

「血が止まりません。舌を噛み切っているみたいです！」

「縫え！　縫え！　縫え！」

先生方の怒号に似たヒステリックな声が聞こえてきました。途切れ途切れながら、私の記憶の中で聞こえてきた言葉たちでした。同時に私は噛み切った自分の舌のせいで、何か「ゴワゴワ」したものを口いっぱいくわえている感じがしてなりませんでした。しかし、そんな記憶さえもあいまいになってしまうほど、私の全身から力が抜けていくのがわかりました。

「どうやら、とりあえず病院に着いたらしい」。そのまま私の記憶は遠のいてしまいました。

＊　＊　＊

夏の暑い日、どこかしら陸から飛び出した格好の半島に向かって一台の車が走っています。運転手は誰なのかわかりませんが、私の横には姉が乗っていました。ヒリヒリするような激しい夏の強い光の中からあらわれた陽炎のゆらめく道をしばらく走ると右側に松林が見え出し、その松林を抜けた辺りから、今度は銀紙を小さく引きちぎって空から海に向かって撒いたような、一面がチラチラ、チラチラするほどの眩しい海が私の目の中に飛び込んできました。私と姉は何も言葉を交わさず、ただ無言のままひたすら車で走り続けました。時間の経過はわかりませんが、やがて左側に幾重にも重なった無機質な茶褐色の山肌の、そのところどころにボンボリのような丸い形をした、一見ツゲの木を思わせるような木が点在している小さな丘が見えてきました。

車は左折をし緩やかな坂道を登って行くと、正面に浅い泥の溜まりがありました。見ると、その中に一人の老人がまるで入浴でもしているかのようなゆったりとした顔つきで足を投げ出して座っていました。その老人は両手を大きく横に広げた格好をしていて、そして、そのおだやかな顔で私にこう言いました。

「手術をしに来たのか?」

「はい」

「では、私の弟を紹介しよう。手術は、弟が行う」

気がつくと私は戸板のような、ただ白い布をかぶせただけの簡易な台の上に裸のままの状態で横たわっていました。しばらくすると、修験者が滝に打たれるときに着るような白くて薄い長襦袢のようなものを装った男があらわれました。

「私の手術はあなたの体に触れることなくやります。したがって、まったく痛みを伴わない。ただじっと目をつぶっていなさい。すぐに手術は終わるから」

目が覚めたとき、私は四人部屋の病室の一つのベッドの上に横たわっていました。しかし、ほかのベッドは、ただその上にしわ一つない白いシーツをかけてあるだけで、一目見ただけでほかに入院患者がいないのがわかりました。見るところ、ここは丘の中腹辺りで、どうも二階建ての病院みたいでした。しばらくキョロキョロしていると小柄でまだ若そうな女性の看護師さんが二人やってきました。そして、二人は無言のまま私のベッドを動かし始めると、私は二階の誰もいない大きなホールへ連れて行かれていました。その場に私を残すと二人は立ち去り、私もいつのまにか眠り込んでいました。

目を開けると先ほどとは違った、まだ見たこともない部屋の中に私は呆然と立ちすくんでいました。目の前には、赤、白、緑の三つの丸いランプがあり、そして私とは対角線上の隅に、なぜか息子の浩介が立っていました。点灯していた赤いランプが消えて、いままさに次の白いランプが点灯しかかったとき私はその場に立っているのが困難なくらい呼吸が苦しくなりました。ふと、浩介のほうを見ると彼が立っているその横の壁にポンプのついた酸素の供給量を示すような圧力計がありました。

「浩介！　早くそのポンプを押してくれ!!　苦しい！　早く酸素量を上げてくれ！　急げ!!　死にそうだ！」

大きな声で叫ぶや否や、私はその場に崩れ落ちてしまいました。やがて白いランプから次の緑のランプが点灯し始めた頃、私の意識は元に戻り息を吹き返していました。このようなことが二度、三度と繰り返され、いつのまにか私は自分がわからなくなっていました。

次に目を覚ますと私は裸で椅子に座っていました。すべてがぼんやりとした状態の中で、重たいまぶたをゆっくりと開けてみると、大勢の人たちが全員で私のほうを見ていました。その顔はすべてが私の知り合いであり、しかもすべてが私のごく身近な人たちばかりでした。強烈な線香の匂いがし、辺りはロウソクの灯りで照らし出されたほどの明るさでやっとその顔たちを見極められるほどでした。

耳を澄ませるまでもなくじっと聞いていると、それが誰とはわからないのですが、まるでそれ以外の音は何かに遮断されたかのように、ただ読経のみが聞こえてきました。私はそれが自分の葬式だというのを察しました。いつのまにか私はまるで体の芯が抜けてしまったかのように椅子から崩れ落ちていました。どこからともなく聞こえてくるその声で、ボンヤリとした気分の中からうっすらと記憶が戻ってきました。

「こらっ！　お前は、こっちに来たらつまらんぞ！　早く帰らんか！」

怒っているのだろうけど、その声はとても弱々しく消え入りそうなくらいでした。しかし、どこかで聞き覚えのある声でした。それは紛れもなく九年前に亡くなった私の父の声でした。

「父ちゃん!」

私は大声で叫んだつもりなのに、その声は届かないのか父は何も答えず、ただあるのは静寂だけでした。

気がつくと、次に私は横になっていました。左右の腕が何かに当たるくらい非常に狭くて薄暗い場所でした。先ほどとは一変して、それは不気味なほどの静寂さでした。ただ、私の顔の真上三十センチくらいのところに、明かり取りの窓でしょうか、一辺が二十センチくらいの菱形で透明のガラスが貼ってある窓が見えました。上を見たり横を見たり、私はキョロキョロしながらも冷静になってよく見ると、それは棺桶の中でした。私は身動きすることもなくただじっとしていました。しばらくすると、その窓に見知らぬ男が顔を出し、

「この世に未練があるのなら、涙を流すか、まばたきをしろ!!」

と言いました。涙なんてすぐに出るはずもなく、私は慌てて何度も何度もまばたきをしました。すると男は、どこともなく静かに去って行きました。しかし、しばらくするとまた、この見知らぬ男はやって来て、そしてまた同じ質問をしました。私も先ほどと同じように慌

ててまばたきを返しました。なんと彼はその後、私のところに六回もやって来て同じことを繰り返しました。そのたびに私も同様に慌ててまばたきを返すのでした。

えっ!! たったのこれだけ!?

目を覚ますと私の目に最初に飛び込んできたのは姉の顔でした。姉は私の顔に近づいて、

「目が覚めた? 今日は八月十六日よ! お前が心配していたおばあちゃんの初盆も無事に終わったから…」

その言葉で私は自分が二週間もの間意識不明だったことを知りました。私の自宅近くの病院に入院をしていた親戚のおばあちゃんの面倒を、いまは亡き父と二人で看ていたのですが、そのおばあちゃんが五月に亡くなり、父に代わって私が初盆をしなければいけなかったことを思い出しました。

「あっ、そうか、ありがとう」

姉に礼を言おうと思い声を出したのですが、しかし、声が出ないのです。

「あれっ、声が出ない! なんだ? これ! 落ち着け! 冷静に! 冷静に!」

次に私は起き上がろうと思い頭を持ち上げようとしましたが、頭がぜんぜん上に上がらないのです。肘をつけば起き上がれるだろうと試みましたが、それもできませんでした。私は冷静になるよう一生懸命自分に声がけをしました。何がなんだか訳がわからず、しばらくの間ただボンヤリとした気分で天井を見つめていました。すると、私の目に映ったのは大きく二重に「ダブ」って見える天井の蛍光灯でした。しっかり焦点を合わせて何度も何度もやってみたのですが、やはり天井の蛍光灯は二重になっていました。私は慌てて姉の顔を見直しました。それまで気がつかなかったのですが、間違いなく姉の顔は横に大きく「ブレ」ていて、まるで姉が二人いるかのようでした。

「なんだ？　これ！」

私の頭の中は、まさに錯乱状態に陥っていました。さっき、私の顔の前に出てきたあの見知らぬ男は誰だ？　来世から私を迎えに来たのか？　私は死んでしまって棺桶に入り、そして葬式をされていたのではないのか？　あれは夢だったのか？　幻だったのか？　黄泉の国から私は生還したのか？

しかし、やがて冷静さを取り戻した私は何はともあれいまのこの状況を冷静に分析する必要があると思い、頭のてっぺんから足の指先まで一つひとつゆっくりと確認をすることにしました。

「脳は、姉を姉と認識できる。初盆の供養もしなければいけないことも覚えている。耳は聞こえる。目は見えるが、両目とも物がダブって見え複視になっている。口はきけない。首は動かない。両腕とも、腕は上がらない。両手とも、指は動かない。足は両方とも、上がらず、しかも動かない。しかし、両足の親指だけはかすかに動く。えっ!! たったのこれだけ!?

なんだ? これは!?

究極の困惑の状況下では、人は短絡的になればなるほど最も簡潔な言葉しか発しないのかと思いました。私は頭の中で何度も何度も意味不明に、

「なんだ? これは!?」

「なんだ? これは!?」

そう、叫び続けました。そして事態の収拾を図れないでいる私の頭の中では、やがてその言葉を発するのさえあきらめ、その声はいつしか「うめき声」に変わっていました。

視点の定まらない不安な目で辺りをキョロキョロ見回していると姉は私のこの状況を察知したのか、

「聞こえるかね? 聞こえたら、まばたきをして!」

すかさず私がまばたきをすると、姉はいまのこの状況に至るまでの経過を説明し始めまし

た。家族旅行中に交通事故を起こしたこと。地元の病院で応急処置をした後、現在の総合病院に転院したこと。妻と息子は私とは別の病院に入院をしていること。そして、いまなお治療中であり、助手席に乗っていた息子は幸い軽症だが、妻は二カ月くらい入院加療せねばならないこと。二週間もの間眠り続けていたこと。気管切開をしたこと。肋骨を全部で十二本も折っていて、肺には血も水もたまっており、それを抜き筋肉が動かないように筋肉膠着剤を投与したこと。私の体には何カ所にも治療用の管が差し込まれていること。そして、私が横たわっているベッドの周りには、姉が一度も見たこともない、たくさんの治療用の器具が設置されていることなどなど。姉の一とおりの説明でだいたいの状況が把握できた私は、どうすることもできない状況の中で自分の体の現状を感じながら、「時間」という抽象的な決めごとから見放されたようなとてつもない不安と恐怖に襲われていました。しかし、そんな倒錯した状況下でも、また一方で私の頭の中にはまだ社会と闘争中の自分がいて、「時間」という概念から見放されたような不安や恐怖とは別に、「やったぁ！　これで二十四時間を全部自分のために使えるね。よかった！」と矛盾する混乱しきった自分がいるのも感じていました。

しばらくして、姪と息子がやって来て、どうにか会話をしてみようということになり、「イエス」をまばたき一回、「ノー」をまばたき二回とすることで通信手段にしました。私のほうからは、息子が「あ」から「ん」までのひらがなの表をつくり、彼が指でゆっくりと文字をなぞり、私が言いたい文字に来たら一度まばたきをするという相当に時間と根気のいる作業でその手段としました。

お見舞いの人の言葉で知る現実

二カ月くらい経ったある日、気管切開をした後に差し込まれていたチューブを抜き、その部分に少し喋れるようになるからと筒状のパイプのようなものを差し込まれました。吸入と排気の弁が付いていてそれによって声が言葉になるらしく、おかげでその日から少しずつですが、簡単な会話はできるようになりました。私は自分が経験したと思い込んでいる出来事を、どうしても真っ先に姉に確認したくてゆっくりゆっくり一言一言を押し出すように姉に問いかけました。

「二人で、陸から突き出ているような半島にドライブに行ったよな？」

「こんな体で、そんな半島なんかに行けるわけがないでしょ！」

姉はすぐさま否定をしました。しかし、それが夢なのか現実なのか、その時点での判断はつきにくいのですが、私が見たそれはまるで昨日のことのように鮮明で不安と恐怖にただ慄いていた自分をはっきりと認識していました。あの出来事が夢だったなんて、にわかにはとても信じられるものではありませんでした。私は黄泉の門をくぐりかけたところで父と息子に助けてもらい、結局、かの国にはついに行かず現世に帰って来てしまったのでした。私が経験したのは、以前話で聞いたことのある、いわゆる「臨死体験」だったのかもしれません。

船会社に勤務している、私の得意先でもあり、友だちでもあるMさんがお見舞いに来てくれ、

「ここまでものすごいスピードで走ってきたのだから、一年か二年ゆっくり休んで治療に専念しましょうよ。そして、それからまた一緒に走り出しましょう。まだまだ人生、先は長いですよ」

長年のつき合いの中で、私のはやる気持ちを見透かしたかのように彼はそう言って私を励ましてくれました。しかし、私の頭の中には一年とか二年のような、そんな長い期間をブランクで過ごすつもりはまったくなく、「なんとか二、三カ月もあれば大丈夫だろう」と勝手に思い込んでいたのでした。周りの冷静な目と自分の勝手な希望的観測とのギャップを思い知らされた瞬間でした。病院には大勢の方々がお見舞いに来てくれましたが、皆さん口々に、

「窓からこんなにきれいな海が見えて、いいねぇ…。景色もいいし、早く治ってこの海が見られるといいねぇ…」

そう言って励ましてくれました。

この病院は、海のそばに位置していて、病室も海側向きだったのでしょうか。しかし、そんな皆さんの激励にもかかわらず、私はついにそのきれいな海を一度も自分のこの日で見ることはありませんでした。

動かない身体のまま、転院

私が覚醒して以来、リハビリスタッフが毎日ベッドサイドに来てくれ手や足を曲げたり伸ばしたり、いよいよ私の体のチェックが始まりました。動く部分はどこなのか、動かない部分は…。しかし二カ月経っても、覚醒したときに自分でチェックしたのと同様に動くのは脳、複視の両目と足の親指くらいで大した進展はありませんでした。食事は、しばらくは気管を切開したその部分からの流動食でしたが、チューブを抜いた後の傷口も塞がってきたということで、お粥ではありましたが摂れるようになり、おかずも普通食並になってきていました。

苦労のナースコール

そんなある日、昼食が済みベッドに横になっていると急にお腹が痛くなり、それも中途半端な痛みではなく、お腹の中に手を突っ込まれてかき混ぜられているような激痛に襲われました。看護師さんを呼ぼうとしたのですが、出す声は枯れた小さい声で届かず、ナースコールも押すことができず、ただ一人、ベッドの中で汗だくになり怒涛のように押し寄せる激痛にじっと耐えていました。しばらくして、看護師さんが定期検温に来てくれてやっとの思いで痛い個所や状況を伝えました。そのままベッドごと処置室に運び込まれ、超音波やレントゲン撮影で検査が始まりました。何かわかったのでしょうか、口から内視鏡を入れようということになり、赤ん坊のおしゃぶりのような形をしたプラスチックの固形を口にくわえさせられました。内視鏡が入れられると、先生方がそばでモニターでも見ているのでしょうか、「何もないね…。何もないね。あっ、あった、十二指腸の入り口付近、詰まってる、詰まってる」

そう言うと、また別のチューブがもう一本、口から入れられました。後から入れたチューブは、その中に腸に詰まった異物を取り出すための引っかき棒みたいなものが入っていてそれで異物を取り出すのだと後から先生が教えてくれました。昼食に食べた肉片が腸の入り口付近に引っかかり、腸閉塞を起こしていたのでした。処置後、痛みは完全になくなりましたが、もうぐったりで本当につらい思いをしました。

最初の転院

そして、そんな私の病状とは関係なく、いつしか十月二十九日が私の退院日と決められていました。行く先は隣町にある総合病院でした。その退院の四、五日前、リクライニングの車いすが病院に届いたから乗れるかどうか試してみようということになり、首をギプスで固定し、看護師さん三人でベッドから抱え降ろしてもらい、初めて車いすに乗せてもらいました。そのままリハビリ室まで行くとリハビリのスタッフが三、四人待っていて、皆で私をマットみたいな長椅子風の斜面台の上に乗せてくれました。その斜面台は、自動で傾斜の調整ができるようになっていました。立位の訓練のとき、私の体がずり落ちないように膝と胴体の部分をベルトで固定し六十度まで台を起こし、五分ごとに血圧を測定しながら計十五分間そのままでいるというリハビリでした。このリハビリは退院するまで続けられました。しかし、私の体はあいかわらずまったく動かず、まるで自分が銅像にでもなったかのようでした。

リハビリ最後の日、つまり私の退院の日にリハビリのスタッフの一人が、

「いつか、どこかで歩き始めるときがくるかもしれません。そして、恐らくそのときはきっとそのことに感動するでしょう。しかし、そこに自分がいないのをとても悔しく思いますよ」

と、そう言ってくれました。私はストレッチャーに乗り、迎えの救急車に妻と二人で乗り

込みました。主治医の先生とリハビリのスタッフに玄関先まで見送ってもらいました。弱々しくても一生懸命言った力のない声でのお礼の言葉もお二人には届かなかったかもしれませんが、そんな私の横で妻は手を振りながら何度も何度も頭を下げていました。十月二十九日、私たち夫婦は失意のどん底の中で隣町の総合病院へ転院しました。それはまた、私たち夫婦の果てしなく長い、厳しい戦いの始まりでもありました。

第二章

リハビリ技術の格差―わき上がる疑問と心の葛藤

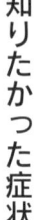

知りたかった症状

「お父さん、いま、ちょうど大好きな山の麓を通ってるよ。ここは何回もドライブに来たよねぇ。覚えている?」

転院先の病院へ向かって走っていると、いかにも挑戦的で、その荘厳な雄姿は誰の目にもすぐとまるところに位置していて、妻にもそれがすぐわかったのでしょう。私の手を握りしめながら、妻は私にそう言いました。しかし、そう聞く一方で私の目には救急車の天井の部分しか見えていないのでした。それでも、私はこの辺りの地理はほとんど頭に入っていて、そしてこの山にも幾度となく登山をしたのでその山の名前を聞くだけで、今まさに自分が登っているかのように辺りの情景が想像できました。岩肌に剥き出しになっている一つひとつの岩の顔まで思い浮かんでくるような、そんな愛しい思いが込み上げてきていました。

道路の脇には登山者用の駐車場があり、登山者はここで身づくろいをし駐車場の端にある水道で水筒をいっぱいにして道路を横切り、だらだらとした緩やかな草原の中を登って行くのでした。さすがに火山だけあって、草原の中を歩いているところどころにかつて噴火をした名残の大小さまざまの溶岩がその赤茶けたダイナミックな顔を出し、春には新緑の色と、そして秋には薄茶色に染まった草原の色とのコントラストがまた一つの魅力になっていました。三、四十分も歩くと、いよいよ火山の山肌があらわになり、道も溶岩を踏みしめて歩くため、ますます不安定なのですが、登山者が登りやすいように道をジグザグにつくってありました。頂上の直下、百五十メートルくらいは急登はんになっていて、まさに「岩をよじ登る」という表現が当てはまるほど登山者にはきつくてつらいものになっていました。登りきるとそこが西の峰と東の峰の分岐点で、その両方ともがそんなに高くないので登山者たちはそこにいったんザックを置き、ピストンで両方の峰に登るのでした。頂上からの眺望ははるか遠くに浮かぶ名も知らぬ山々がかすんで見え、また一方では山々の間から白んだ水平線が空と見分けがつかぬほどに一体化した景色となって目に飛び込んできて、眺める登山者たちの心を決して飽きさせない三百六十度の大パノラマを与えてくれていました。どんなに低い山でも、どんなに高い山でも、その頂には必ずその山独特の崇高さと風格がありました。

緩い坂道を下ったかと思うと、車は病院の玄関に横づけされていました。ストレッチャーに乗った状態で、車窓に映し出された病院は、広くて、大きくて、「たいへん立派な病院だな」というのが第一印象でした。

私の病室は三階になっていました。すぐに主治医の先生が来て、開口一番、

「ここでのリハビリは、一日の生活の中でたったの一割か二割くらいの割合しかないと思っ

てください。後はできるだけ自分で体を動かして、リハビリをするしかありません」

「はい、わかりました。しかし、たったの一割か二割なのですか？」

リハビリ病院に入院したら、リハビリスタッフの指導で一定の期間をリハビリすれば、それが「リハビリのすべて」でそうした時間の経過の中でやがてゆっくりと回復をしていくものだろうと甘く考えていた私には、主治医の先生の言葉は抽象的すぎて、実はそのときはあまりよく理解ができていなかったのです。しかし、それよりも私が一番知りたかったのは、あるのかないのかもわからない自分の病名と現状の診断でした。どこがどんな具合に障害を負ったのか、そして、それはどのようにして回復していくのか。それとももう回復などしないのか…。一度、先の病院に入院中に姉に聞いたのですが、そのとき姉は言葉を濁していて、私もそのことについては後日でもよいと思ってしまい、そのままになっていました。

「先生、私には病名などあるのですか？　いったい何がどうなっているのでしょうか？治るのでしょうか？」

すると先生は、

「一口で言えば脳挫傷です。ちょうど、後頭部の首のつけ根辺りに『脳幹』というのがあって、そこに少し隙間ができています。そこはいろいろな神経が通っている場所で、恐らくその中の運動神経にダメージがあったのだろうと思われます」

「治るのでしょうか？」

「焦らず、こつこつとリハビリをするしかないでしょう!!」

そう言って、先生は最後の質問には明確に答えませんでした。

決死の覚悟で臨むリハビリ

この病院で本格的なリハビリを開始するに当たって、理学療法、作業療法、言語聴覚療法の三種類のリハビリメニューが告げられました。理学療法では、身体機能の維持と強化を目的にし、何もできないでいる現在の私にとって、まずは立位を保つこと、そして次に車いすとベッド間の移乗のトレーニングを重点的に行うこと。作業療法では、日常生活を営むうえで実生活に直結したトレーニングを行うこと。具体的には、自分で食事ができるようになることとか、自分でトイレに行けるようになるためのトレーニングなどを主体として行うというものでした。三つ目は言語聴覚療法でした。先の病院で、気管切開したときの傷口は完全に塞がってはいたのですが、それでもまだ肺活量が低下しているのでしょう、発する声は小さく、そして弱々しくて、私が喋っている言葉を相手に理解してもらうにはかなりの努力が必要な状態でした。

入院二日目、一階のリハビリ室に行くために三人の看護師さんが私を車いすに乗せに来ました。私が首にギプスをしているためか、彼らの面持ちはまるで腫れ物に触るかのように緊張していました。

最初は作業療法でした。私を担当してくれるのは二十七歳か二十八歳くらいのとても愛想のよい男性のOTさんでした。リハビリ室にある高さ五十センチ、幅一・五メートルほどのベッド風トレーニング用マットに私は寝かされました。いろいろな部位の計測なのでしょうか、OTさんは分度器や定規みたいな道具で手や足の曲がり具合や指の動きなどをチェックし始めました。三カ月以上も本格的に動かしていない私の体は可動するその範囲も極端に限られていて、その限度を超えるや否や思わず悲鳴が出るほど関節に激痛が走りました。先の病院で、あれほど体が固まらないようにと毎日ベッドサイドでOTさんが手や足を曲げたり伸ばしたりしてくれたにもかかわらず、その痛みには思わず涙が出てしまいました。リハビリは痛みを伴うものと聞いてはいたものの、これほどのものとは。そしてこの痛みが毎日続くのかと思うと、私はすっかり意気消沈してしまいました。しかし、この関節の痛みは、まだまだほんの「痛みの序章」にすぎませんでした。次に、私がマットの縁に座る格好を取りOTさんが私の後方から両膝を私の背中に押し当て、OTさんの両手で私の肩を後方に思いっきり引っ張りました。三カ月以上、そのほとんどをベッドの上で過ごすことを余儀なくされていた私の体は、けたたましい悲鳴を上げていました。四、五日経っても体の痛みはやわらぐどころかますます痛くて、とうとう妻に頼んで午前九時半からのリハビリの前に一階の玄関横にある大ホールでゆっくりと両腕を上げたり下げたりというリハビリのためのリハビリをしてもらって、それから決死の覚悟でＯＴさんのところへ向かっていました。三カ月以上をベッドの上で過ごしていた私の体力もまた極端に落ちていて、多くはない一日のエネルギーの、そのほとんどを作業療法で消耗している感じでした。

激痛に耐える日々

作業療法室の壁は、全体を透明なガラスの窓でつくってありました。季節が秋のせいか稲を刈り取ってしまった後の切り株しか残っていない田んぼがあるかと思えば、まだ、実もたわわにつけた稲穂が頭をダラリと下げ黄金色に輝いている田んぼもありました。その光景は、収穫の時期を「いまや遅し」と待っているかのようでした。遠くに目を見やると、その幾何学模様の田んぼの先には私の大好きな山が雄々しく立ちはだかっていました。山麓から赤、黄、薄緑の紅葉群が頂上に向かって山の中腹辺りまでせり上がっていて、作業療法室から見るとそれはあたかも巨大な一枚の絵画のようにさえ見えました。がんばっている患者さんとか、がんばり終えて一息入れている患者さんにとって、その牧歌的な情景は一服の清涼剤になっていたのかもしれません。しかし、私にとってその光景はただいたずらに「早く社会に戻って来いよ。待っているよ。そんなところで何をしているの？」と言わんばかりの単純な挑発に思えてしかたありませんでした。私の中で、わき上がってくる焦燥感だけが増幅されていました。毎日やってくるリハビリのことを考えるだけで、私の気持ちは、その待ち受けている痛みのための恐怖心と、一向に回復感のないやるせない自分の体へのいらだちでいっぱいになるのでした。それでも、「この痛みの坂道さえ乗り越えられれば、きっとその先には回復感を実感できる社会へ直結した自分の思ったとおりのゾーンに入っていくにちがいない」と信じて疑いませんでした。しかし、そんな自分の勝手な思い込みとは裏腹に、現実は毎日目に涙をいっぱいため、歯も折れんばかりに食いしばり、ただ力いっぱいその痛さのみに耐えているのが現状でした。そしてさらに何日か経ったある日、私はとうとう我慢できずOTさんに、

「肩も背骨もあまりにも痛いので、もう少し緩めにしていただけませんか？　私もたぶん、相当に我慢強いほうなのですが、痛くて、痛くて…」

するとOTさんは、

「患者さんの言うように緩くしていたら関節が固まってしまうよ。それでもよいのです

か？　長い間ベッドで寝ていたのですから、少しの痛みは伴いますよ」
　そう言われると、それ以上は患者の立場からでは何も言えませんでした。

技術の格差への疑問

　しかしそんな中、ある日のこと、いつもどおりにリハビリ室へ行くと担当のＯＴさんがお休みで、その代行ということで別の男性のＯＴさんが毎日している関節の曲げ伸ばしや筋肉のストレッチなどを意味するＲＯＭ（関節可動域）エクササイズをしてくれました。すると、どうしたことでしょうか、あの激痛に苦しんだ日々の出来事がまるで嘘だったかのように関節の各所の痛みが感じられません。腕を上げる限界も背骨を伸ばす限界もいつもどおりなのに、あの歯を食いしばるほどのつらさがないのです。同じＯＴさんが担当しているほかの患者さんをじっと見ていると、やはり皆さんも普段とは違うスタッフにリハビリをしてもらっていて、そして、どの患者さんも普段は私同様に悲鳴を上げているのにどなたもしかめ面や痛そうな顔など見られず、今日一日は皆一様に静かな落ち着きのある顔をしてリハビリを受けていました。そして、私たちは同じような状況をそれからも何度か経験をすることになりました。私を含め患者の間で「できればなんとか、担当の先生を変えてもらったりはできないのだろうか？」との声は強まっていましたが、結局は誰もそれを言葉にして口に出せる者はいませんでした。まだ二十七歳か二十八歳の若さだからこそ、ご自分を謙虚にチェックしたりとかしないのだろうか？　ご自分のスキルアップはどのようにして行われるのだろうか？　私たち患者が、大の大人たちが大声で悲鳴を上げ、目に涙をいっぱい浮かべ耐え忍んでいるこの状況をどんなふうに認識されているのだろうか？　リハビリ治療とはこんなにも一方通行的なものなのだろうか？　もしも私が現役なら、もっと自分に対して懐疑的になったりしないだろうか？　私は「自分と、自分の職場について」に状況を置き換えつい比較をしてしまい、そして少しばかり疑問に思ってしまいました。

その年の十一月の半ばには、首にあてがわれていたギプスも取れていました。両眼ともに複視になっていた私の目は、左目は自然治癒によるものなのでしょうか、いつのまにか元に戻っていました。しかし、右目の瞳はあいかわらず極端に内側を向いていて、結局のところはやはり物が二重にしか見えませんでした。両手、両足、それに指も体の胴体もすべての部位が泣きたくなるほど自分の意思に逆らって言うことを聞いてくれませんでした。私はこの事故による事の重大さをだんだんと認識し始めていました。

海外を含め多くの知人がお見舞いに来てくれました。中でも私の仕事仲間でもあり、遊び仲間でもあるN氏は、ある日の午後、看護師さんに案内されて病室の入り口までやって来て「恐る恐る」の表情で中を見渡し、そして私を見つけるや否やじっと私の目を見つめながらし

ばし無言で、彼は呆然とした表情で、

「池チャン……」

とボロボロと涙を流しながら、たった一言そう言い残してその場を去って行きました。私が入院しているこの病院まで見舞いに来てくれるのに片道二時間もかけて来てくれたというのに、その間約十秒ほどの面会でした。そのほかにもまだ二人、同じような面会がありました。そのたびに私は、第三者から見たあまりにも悲劇的な自分を想像し、さらに落ち込んだ気分になっていきました。

しかし、取り巻く現実はさらに厳しく、神様は私にさらなる試練を用意してくださっていました。車いすに乗った状態でほんの少しの衝撃を足に加えるとショックで足が震え出して止まらなくなるのです。それを「クローヌス」と言うのだそうです。さらにその止まらなくなった「クローヌス」のために、車いすの足置きからはみ出してしまった私の両足をそのまま放置しておくと、今度は足全体がまるで棒のように伸び切ってしまい車いすからずり落ちそうになってしまうのです。その状態を「痙性」と言うのだそうです。足は「伸展の痙性」で、両腕も何かショックを加えると内に曲がりこむ「屈曲の痙性」になっていたのです。もはや私は、私自身を精神的にも肉体的にもコントロールできなくなっていました。リハビリの終わった後、私たち夫婦はたびたび誰もいない病院の屋上へ行きました。そのたびに大好きな山から見つめられているにもかかわらず、私は大声でまるで獣のように泣きわめきました。妻は車いすに乗った、獣になってしまった私を背後からただ黙って強く抱きしめてくれていました。

自己破壊と誇り

リハビリ治療を受ける以前の問題として、私はこの操縦不能になっていた私自身に決別をしなければ前に進めないことに気がつきました。そのためには、あるがままの自分をすべて出してみよう、心のひだの片隅に引っかかっているどんなに小さな感情までもてらうことなく出し切ることに専念してみよう、そして一度、完全に「自分」というものを破壊してしまわなければ、次なる「自分」の構築はない、そう思いました。「理性」「道徳」「秩序」などなど、何がなんだかわからなくなっていました。泣きわめき、言いたい放題のわがままを言い、リハビリをさぼり、急に怒り出し、自分の気持ちの赴くままに自分を出してみました。いったい、本当の「自分」とは何なのだろうか？　当然のことながら、過去においてこんな究極の状態の中での「自分」を見つめてみたことなどあるはずもありませんでした。

しかし、私は完全な「自分の破壊」を実行することはできませんでした。どうしても、ある二つの要素だけは残しておかなければならなかったし、残しておくべきものでした。その一つは、「自分の誇り」でした。自分自身のすべての基軸となるべきこの「自分の誇り」だけは、どんなことがあっても捨ててはいけないということでした。それは決して軽薄な見栄ではなく、いつ、いかなる状況になろうとも、決して崩れ落ちない「自分」を保持し続けることでした。そして二つ目は、「決して、絶対に、愚痴はこぼしてはいけない」ということでした。私の場合の「愚痴」は、それは直接的に妻を苦しめてしまうことになるからでした。この二つのルールを自分に課した時点で、実は私自身の完全な崩壊はなくなっていたのです。しかし、私のそんな自分勝手な理屈に関係なく、私を取り巻く厳然たる現実の条件はまだまだその度を増していくように感じられました。

社会に対する疎外感、屈折する心

病院の食堂は病棟の一番端に位置していて、たくさんのテーブルが並べられた「ホール」になっていました。朝食も夕食も食事の二時間前くらいになると看護師さんが私を車いすに乗せに来て、食堂に連れて行かれていました。朝食時などは、毎朝、朝の五時頃から起こされていました。食堂に着くのは大抵一番目で、それから看護師さんがやおら電気を点けるという具合でした。入り口付近の南側の窓際が私の席になっていました。

十一月という季節のせいもあって窓からは植え込みのもみじが色鮮やかに色づいているのが見えました。霜の降りた朝などは、日の出と共に葉についた真っ白な氷がキラキラ光り出し、やがて陽が暖かさを増してくるとその紅さもさらに一段と際立ってきていました。脱力感に満ちあふれた私は、朝の空虚な時間の中で窓越しにそんな景色を何の感慨もなく、ただぼんやりと見つめていました。

私にあてがわれたテーブルは四人がけで、私以外の三人は、七十歳くらいの脳梗塞を患った患者さんたちでした。その中には、どうやら自分のご飯と他人のご飯の区別がつかないのか、勝手に他人のお盆に手を差し出しおかずをつまみ食いする患者さんもいました。設置されているテーブルだけでは患者さんを収容しきれないのか、窓際の壁を背にして、首から絵画を描くときのキャンバスみたいな板を下げて、さらにそれが下に落ちないようおなかのところで止まる工夫がされている状態で食事をしている患者さんもいました。ホールで食事をしている四、五十人くらいの患者さんたちをぐるりと見渡してみると、そのほとんどがご年配の方々で私よりも若い方はいそうにありませんでした。私の場合、食事は全介助で、このテーブルは全員がそうでしたが、一人の看護師さんが同時に二、三人の患者さんに食事をさせていました。自分の目の前に置いてあるご飯類を見ながら、その思うに任せない気持ちで看護師さんから食べさせてもらえる順番を待ち、いらだつ自分を押さえ込みながら静かに食事をさせてもらっているその現実を客観性を持って見てしまい、さらなる卑屈な自分を想像してしまっていました。食事中にもかかわらず、焦点の定まらない無念さで涙がボロボロこぼれ落ちてくることもたびたびでした。その場所に座って食事をしている自分の存在がどうしても理解できず、どうしても認識したくなく、人間と社会に対して強烈な疎外感を感じ屈折した私の心は極限状態の真ん中をさまよい始めているかのように思えてなりませんでした。

そしていまとなっては不必要に思い出さなくてもよいことをふっと思い出しては、またさらに落ち込んだ気分になっていくのでした。

＊　＊　＊

事故の一週間前、七月二十三、二十四日と私はある案件のために大阪に出張に出かけていました。二十四日、中之島リーガグランドホテルのラウンジで私と大阪の某社の社長と東京の商社員二名の計四名である人物を待っていました。その日は朝から日差しがきつく、中之島の街路樹にとまった蝉がやかましいほど鳴いていました。そんな蝉時雨の中、彼はやって来ました。彼はカザフスタン共和国の日本でいう経済産業省の外郭団体の人間で、ロシアの商業用の人工衛星を商売するために台湾に出張中で、その日台北から空路大阪入りをしたところでした。その彼がカスピ海のキャビアに関する既存の利権以外に、少しの取扱枠が確保できたので、ついては加工、輸送、海外物流、販売などなどの各項目について詳細な打ち合わせをしたいということになり、この会議が持たれたのでした。すでに日本には、カザフスタンから総合商社を通じて商路はでき上がっていたのですが、しかしそれとは別枠で、しかも彼が確保している利権はそれほど大きな利権ではなかったのですが、商材として非常に魅力的な話であることには変わりありませんでした。これらの案件に対して、彼らと共に物流会社を設立し目の前の商材であるキャビアをはじめ、中古建設機械などを含むこれらの商材を組織的に運営をしようという話になっていました。それは、私にとって八番目の会社設立になるはずでした。いずれにしても、現地サイトの状況やほかの案件の掘り起こしなどさまざまなリサーチをする必要があり、早急に出張日程を組まねばなりませんでした。九月中旬頃、首都アルマトイまで、日本からは私と東京の商社員の二人、別に韓国から一人の出張が決まり、ソウルの空港でおのおの集合することが決定されました。大方の話が終わりに近づいた頃、カザフスタンの彼が、

「私のパスポート、こんなアタッチメントをつけているんですよ」

と、上着のポケットから取り出されたパスポートを見て一同は唖然としました。入出国の

イミグレーションのスタンプがもはや通常の枠内では納まりきれずにパスポートと同じ幅のアタッチメントを一メートルくらいつけてあり、その分もすでに半分くらいのところまで、所狭しとばかりに各国の入出国のスタンプが打たれていたのでした。アルマトイ、ソウル、北京、台北、大阪、東京。私も、自分自身を相当に忙しい人間だと思っていたのですが、世の中にはなんて忙しい人がいるんだと、そのときつくづくそう思ったものでした。さらに彼は、カバンの中から四枚のポケットカレンダーを取り出しました。

「わが国の、年間三千枚しか発行されていないナザルバエフ大統領のカレンダーです。皆さんに一枚ずつ差し上げましょう」

差し出されたカレンダーを見てみると裏はその国の通常のカレンダーでしたが、表は上下二段に分かれていて、上段には大統領なのでしょう、椅子に腰かけた人物の上半身が印刷されていました。下段には共和国の地図が描かれていて、その中に十六カ所、無作為とも思えるような赤い星印が描かれていました。尋ねると、旧ソ連時代からの宇宙ロケットの打ち上げ基地・バイコヌールを含む軍事基地を示しているとのことでした。会議も終わり、次のなすべきアクションの明細とそのスケジュールも取り決められ、皆一様にホッとしたのか、いつしか内容も雑談に切り替わりお互い軽口を言い合いながら私たちは帰路につきました。

日に三度、食事のたびに感じる挫折感や絶望感は食事時だけにはとどまりませんでした。週に二回の入浴が私にとっては食事時のそれと共通するものがありました。看護師さんたちに浴槽に入れてもらうには、まだまだ私の体は不安定で通常の入浴介助ではとても無理な状況でした。しかし、私のような重症な患者でも入浴できるようにと考案されたのでしょうか、ストレッチャーに乗ったままの状態でも浴槽に入れる「機械浴」と呼ばれているお風呂がありました。生まれて初めて見る浴槽で、また初めて経験する入浴方法でした。実際に体験をしてみると、私にとっては不慣れで非常に居心地が悪く、何よりも社会と闘ってきた「男」としての自分の手足を封じ込められ「戦士」でなくなってしまった自分の現実を突きつけられているようで非常に屈辱感を感じるものでした。自分の「見栄」と「傲慢」の認識をしっかりと軌道修正しなければ、いや、むしろそれらを完全に拒否しなければとても受け入れられるものではありませんでした。ほかの患者さんたちもてんぷらを揚げる「フライヤー」だと揶揄し、あたかも自分が唐揚げされるチキンみたいに思えてきて、それは決して評判のよいものではありませんでした。私にとって、そんな思いをしてまで入らなければならない週に二度の入浴時間が苦痛でなりませんでした。

＊　＊　＊

傲慢な自分

理学療法では、基本的に先の病院でのリハビリとそんなに差はなく、ただひたすら斜面台に立ち続ける日々が続いていました。傾斜角も八十度まで起こしても耐えられるようになっていました。腰と膝上をバンドでプロテクトされてはいましたが、立位の状態で軽い膝の屈伸もでき始めていました。ただ長時間続けると、長時間といってもわずか五分間くらいなのですが、たったそれだけで限界を超えてしまうのでしょうか、両足にクローヌスが起きてしまい即座にリハビリを中止せざるを得ませんでした。主治医にこのことを話したら、「痙性」をやわらげるために、一日に三錠の筋弛緩剤を服用するように言われました。自分自身が頭の中で思い描く歩行訓練のそれと、わずか五分間でさえ立っていられない自分との間にはあまりにもギャップがありすぎ、いつまでも現実感のない私自身とあまりにも厳しすぎる現実とを比較し、私はいつもいらだちを覚え、そのたびに「あぁ、これは相当に時間が必要なことなのだ」と改めて思い知らされているのでした。

斜面台で立位訓練をしているその横にはリハビリの順番を待っている患者さんが車いすに乗った状態で三、四人待機していました。たまたま、六十代後半くらいの男性二人の患者さんが何か話をしていました。聞くとはなしに患者さんたちの会話が耳に入ってきました。一人の方は脳梗塞の患者さんなのでしょうか、右半身が不自由そうでしたが、会話はできていました。

「いつのまにか、こんな体になってしまって、ざまぁないよ。なんでこんなことになったのか、自分でもよくわからん。親戚や友だちが見舞いに来てくれるけど、ぜんぜんうれしくない。それどころか、無念で、無念で、涙が止まらん。なぜ、自分がこんな不幸な目にあわなきゃならんのか」

「しかし、あなたはまだよいよ。両手両足の四本が揃っているんだから。訓練をしたら、その右半身は使えるようになるかもしれない。私を見なさいよ。足は一本しかない。糖尿病で、しかも腎臓までも悪い。生きている値打ちもないよ。死んだほうがましだよ」

ふと見てみると、もう一人の方は片方の足の膝の部分から下が切断されていて、義足で歩行訓練をしていたのでした。この二人の患者さんはお互いの「不幸度」について語り合っているかのようでした。右半身が不自由で杖歩行を余儀なくされればそんな自分を一番不幸な人間だと思い込み、また、一本の足を義足で歩かねばならない人はそんな自分が一番不幸だと思ってしまう。結局、人間は最愛は自分自身であり、その自分に降りかかった障害は、その重度、軽度にかかわらず、それは大いなる不幸だと思い込んでしまう、まさに人間の傲慢のほか何者でもないのです。しかし、そんな私もそのときはまだ自分自身の「傲慢さ」に気づかない、それこそ「傲慢」なただわめき散らしているだけの悲しい人間でした。

リハビリで感じる無力感

言語聴覚療法の部屋は、作業療法室や理学療法室に比べると比較的小さい部屋でした。窓際のテーブルでは、すでにSTさんと患者さんが横並びに並んでリハビリをしている最中でした。私はその患者さんの横に座らされました。どんなリハビリをしているのか気になってじっと見ていると、STさんが絵の描かれたB5くらいの大きさの用紙を患者さんに見せていました。

ST：「これは、何ですか？」
私　：(金魚、だろ!!)
患者：「……」
ST：「金魚、でしょ」
ST：「じゃ、これは？」
私　：(りんご、だろ!!)
患者：「……」
ST：「りんご、でしょ。これも、昨日、教えたでしょ」

先ほどまでこの患者さんとＳＴさんは普通に会話をされていたみたいなのに、昨日のことさえ憶えていないということに何か不思議な感じでした。記憶障害の患者さんと初めて接して、ここでもこんな苦しみ方をしている患者さんがおられるのかと複雑な思いにさせられました。

私の場合は肺活量が乏しいからと何か器具を使ってトレーニングをすることになりました。「スーフル」といって、直径五、六センチで長さが四十センチくらいの円柱の片方に吹き込み口を、もう片方には空気の排出口を取りつけた器具でした。力いっぱい息を吹き込んでは、排出口でその吹き込んだ空気を三段階に調節して逃がし肺活量をトレーニングするのでした。五分もすると、やがて頭がクラクラしてきて、とても長時間できるようなトレーニングではありませんでした。一方で、簡単な文章をできるだけ大声でできるだけはっきりと朗読するというトレーニングも併せ開始することになりました。差し出された用紙には、二十個ほどの文が並べられていました。

「空が、好きです」

「学校へ、行きます」

「傘を、買いました」

自分がとてもやるせなく、無力感の中をただださまよっていました。

受け入れられない現実

ある日、その日のリハビリが終わってベッドで横になっていると看護師さんが私を起こしに来ました。主治医の先生からの言いつけらしく、一階にある部屋に連れて行かれました。部屋に入ると、白衣を着た二十人ほどの先生方がちょうど学校の教室で生徒が黒板のほうを向いて座っている様と同じような光景が私の目に入ってきました。教壇の代わりには病棟で使用するベッドが置かれ、私は何がなんだか状況がのみ込めないまま、そのベッドに寝かされていました。主治医が、どうやら集まった研修医の皆さんに私を何かの資料にでもされたかったのでしょうか、私のここに至るまでの経緯と現在の症状を説明し始めました。あまりに急な展開で、私は不意打ちを食らった感じがし非常に不快感を感じていました。しかし、自分の意思を伝えるにはあまりにも発する声は小さく、そのタイミングも見い出せず自分という患者を決定的に弱者の立場と思い込み、それでなくても卑屈になってしまっていた私の心はさらに卑屈になってしまっていました。できる抵抗は「無言」しかありませんでした。私はベッドに横になり、じっと目を閉じ、目の前で展開されている現実のすべてを無視しました。企業で「言葉」と「行動」で闘ってきた自分が、いま、「無言」と「静止」でしか闘えないとは皮肉な人生の縮図を見ている思いでした。

＊　＊　＊

病院の窓から見えるもみじでしか、その年の紅葉を見ることができなかった寂しい秋もいよいよ終わりを告げ、季節はいつのまにか慌しいはずの師走になっていました。十二月二十四日、いつものようにリハビリから帰って来るとそのまま食堂に連れて行かれました。入り口で、紙でつくられたかわいい柄の円錐形の帽子をかぶらされました。中に入ると、すでに大勢の患者さんたちが揃っていて、その雰囲気から私ははじめてその日がクリスマス・イブで、いまからクリスマス・パーティーをするために大勢の患者さんたちが集まっていることに気がつきました。

「さぁー、皆さん、いまからクリスマス・パーティーを始めますよ。池ノ上さんもジングルベルの歌を一緒に歌いましょうね」

「いえ、私はいいですから」

「何を言っているのですか、さぁ、歌いましょう!!」

看護師さんは私のそばから離れようとしませんでした。しかたなく、私は皆さんと一緒に歌うことにしました。

「ジングルベル、ジングルベル、鈴が鳴る　♪♪……」

そこまで口ずさむと、自分の歌の変調に気がつきました。音階が一音階しか出なくなっていたのでした。とても歌などと呼べる代物ではなく、まったくの棒読み状態でした。また一つ自分の異常性を発見してしまい、そのことがさらに私を落胆させていました。

絶望につぐ、絶望

毎日のリハビリの苦痛も私を苦しめていましたが、それにも増して人変だったのは容赦なく襲いかかってくる心の葛藤の処理でした。そして、それらのすべてが自分の健常時との比較でした。

（これ以上、さらに生きる必要性はあるのだろうか？）

（たとえ、回復したとしても元どおりにならない体で、いったい何ができるというのだろうか？）

（こんなハンディキャップを背負って、どんな舞台に立てるというのだろうか？）

こんなにたくさんの障害を乗り越えていくほどの頑強な精神力など私は持ち合わせていないと思いました。

妻は、病院の近くにある宿に四、五日連泊しては二、三日間実家に帰るという、かなり慌しい生活を余儀なくされていました。十一月は気候的にもまだおだやかな日が続いていたのですが、十二月になるとよく雪が降り積雪で道路が不通になり、そのため実家に帰っていた妻が病院に来ることができなくなることもしばしばでした。看護師さんからその旨の妻の伝言を聞くと、そのたびにいつも急にとても心細くなったものでした。そんな十二月のある日曜日、私たち夫婦は病院の一階大ホールの片隅にいました。怒涛のように押し寄せてくる心の葛藤の中で、あれほど自分に誓った「決して、絶対に愚痴は言わない」という禁句を私はついに言ってしまったのでした。

「死にたい。もう、死しかない。これ以上、生きることはできない」

妻のずっと涙ぐんでいた心は一気に堰が切れたのでしょうか、妻は泣き出していました。まさに「絶望」の扉を開けると、次に待っているのはまた「絶望」という「暗闇の世界」を私はただの打ち回り、その思いは理性の枠さえ突き抜けてしまいそうでした。私たち夫婦は、奈落の底のさらにその下にある深淵を二人で這いずり回っていました。私たちは神様から助けていただいた尊い命のありがたさを認識し、健常だった過去を忘れ目の前のリハビリをがんばり、ただ前だけを見て突き進もうと夫婦二人でどれほど多くの時間を費やし話し合ったかしれません。そして、お互いが決してくじけないことを約束しました。しかし、そう固く約束した日から四日目に、私はまた泣いてしまいました。ことあるごとに、自分自身と息子に、「男は信念を持って堂々と生きろ、人は裏切るな、結んだ約束は守れ」と言い続けてきた私が、それさえ実行できなくなっていたのでした。結局私はそれ以降も結んだ約束を守りきれず、日ごと増幅される苦しみや無念さに負けて何度も泣いてしまいました。

私は毎夜ベッドの中で自身の勝手な仮想空間を設定し、この衝撃的な現実を必死で追い払いただひたすら現実からの逃避に専念するために、気宇壮大で叙情的なことばかり考えていました。自分にとって一番楽になる方法は、こうして頭の中で自由奔放に飛び跳ね、異次元の世界までも安易に手に入れることができるような解き放たれた束縛のない時間の中での「思考」、そんなことしか考えられなかったのです。

＊　＊　＊

東アフリカのタンザニアや第七番目の大陸と呼ばれるマダガスカル島に多く生殖している樹木でバオバブという巨木がある。高さが高い樹では二十メートルにもなり、その頂上付近だけが葉っぱで覆われていて、まるで緑色の冠をいただいているかのようなとても不思議な、そして、とても滑稽な格好の樹である。天地創造の折、神がいたずら心で幹と木の根っ子を逆さまにしたという言い伝えのある樹である。樹齢は四〇〇〇年を数えるものまであり、その姿からなのだろうか、「神の樹」とも「悪魔の樹」とも言われている。数え切れないほど経過しただろう夜には南十字星が光り、また数え切れないほどの流れ星を見てきたことだろう。四〇〇〇年もの長い間、バオバブの樹と共に生きた現地の人々は、その時々において「神」として奉ってはひれ伏し、「悪魔」と恐れては儀式を執り行ってきたのだろうか。そのバオバブの樹が西オーストラリアでも生殖している。つまり、悠久の歴史の中で、恐ろしいほど紺碧で深さが平均四、〇〇〇メートルにも達する壮大なインド洋を挟み、その樹々たちはいまなお存在している。太古の昔には恐らくアフリカ大陸、ユーラシア大陸、オーストラリア大陸は巨大な一つの大陸であったのだろうか。隆起、陥没を繰り返し、インド洋はいまある遠大な姿をとどめているのだろうか。私の中で、遥かなるロマンは尽きることを知らない。

＊　＊　＊

北京から新疆《しんきょう》ウイグル自治区・ウルムチまで、二泊三日の列車の旅になる。私はある目的のために、中央アジアのある場所に向かっていた。列車が北京の郊外へ抜けると車窓には黄色であったり、薄緑色であったりの整理整頓された幾何学模様の畑が目に飛び込んでくる。その絨毯ははるか彼方まで延々と続き、その広大さに目を奪われてしまう。地に這うように植えられたブドウの木は品種によって収穫時期が違うのか、その畑の色を変えている。干しブドウの世界の名産地であるこの土地ならではの光景である。翌朝早い時間に、黄色っぽい埃の中に突如高層ビル群が見えてきた。砂漠の中にできた街、トルファンだった。北京から向かいの席でずっと一緒だった母と娘がここで降りた。母は背中に大きな風呂敷き包みを担ぎ、両手にはいまにも中身が弾けて出てきそうなほどパンパンに膨らんだバッグを持っていた。小学校六年生くらいの娘の背中には、赤色のリュックサックが担がれていた。トルファンからは、名僧・玄奘（三蔵法師）が唐の都・長安を出て天山南路を通り天竺まで往復三万キロの行程の中で、妖怪を退治したことで有名な山全体が地獄色に赤茶けた「火焔山」の麓の村まで帰ると言った。ウルムチに着くと、もう日はすっかり落ちていた。私は急いで国際バスターミナルへ行き、バスに飛び乗り、一路中央アジアへ向けて出発した。漆黒の闇の中、天山山脈の北側を通る天山北路のコースをバスはただひたすら走り続けた。二日目の昼下がりに、バルハシ湖のほとりの小さな町で私は降りた。北に小高い丘があり、私は丘に向いて歩き出した。登り切るとすぐ真下が湖で、その湖の縁を目で辿っていくと白色の包（パオ・遊牧の彼らの家）が見えた。その横には、一人の女性を取り囲んで子どもたちが三人、「キャーキャー」とはしゃぎながら遊んでいた。友、ゲル族アサトゥルの妻のマリンスカだった。包を囲んでの幸福そうな光景に見入っていると、遠くから馬に乗った一人の男が帰ってきた。アサトゥルだ。私はその場に腰を下ろし、やがて横になり目を閉じ、ここまでの時間の経過を振り返りながら私とは別世界で暮らす友の幸福を心から喜んだ。頭の中で、ドヴォルザークの「英雄の歌」が心地よく響き渡っていた。

＊　＊　＊

こうして、私たち夫婦にとっての、悪夢の年が去っていきました。翌三月、私たちはお世話になった病院を後にしました。

第三章

繰り返されるゴールの見えないリハビリ

リハビリにプロ意識はあるのか

事故の年から無残に置き去りにされた私たちは、次の転院先のリハビリ病院まで介護タクシーをチャーターして車いすのまま移動しました。車窓から見え出したなじみの風景は懐かしく、その愛しいまでの景色に私は涙ぐんでいました。転院するリハビリ病院は、広大な敷地の建物でした。窓際の私のベッドからは、少し斜面になっている芝生が敷き詰められた中庭が望めました。その中庭のところどころにはコンクリートでつくられた踊り場があり、看護師さんに伴われ車いすに乗った患者さんが気持ちよさそうに日向ぼっこをしているのが見えたりして、一見、のんびりした療養所の雰囲気でした。

私のリハビリは入院早々の翌日から開始されました。ここでも前の病院と同じように、作業療法、理学療法、言語聴覚療法の三種類のプログラムが用意されました。作業療法では、目標として車いすからベッドへの移乗と日常生活が営めるようになるためのトレーニングを、理学療法では、歩くことができるようになるためのトレーニングをと、私の現状から察すると至極当然の目標が設定されました。作業療法では、テーブルについて野球のグローブみたいな手の形をした板の上に自分の手を置いて、さらにその手が曲がらないようにバンドで縛り、指を伸ばすこと。また、通称「雑巾がけ」と言われている乾いたタオルを四つに折り、テーブルの上で雑巾がけをするように片手で左右に大きく振る訓練をしました。マットでは、端座位からの立ち上がりの練習も新たに取り入れられていました。ＯＴさんに真正面から私の両手を持ってもらいマットのふちを自分のふくらはぎに当て、それを支えにして膝を「ピン」と張り私は必死に「立つ」訓練をしました。午前中が作業療法で、午後からは理学療法と言語聴覚療法のプログラムが組まれていました。

理学療法のＰＴさんは、四十歳くらいの女性の方でした。理学療法ではあくまでも歩行訓練を目的とするためのプログラムが組まれました。通称「お立ち台」と呼ばれるスタンディング・テーブルに立ち、「ろく木」と呼ばれる二十センチ間隔で組まれた木枠の中の棒につかまり立ちし、ここでも私は再び歩けるようになる日を夢見て必死に立ちました。マット上ではＲＯＭエクササイズの練習で両手・両足の曲げ伸ばしをしてもらうのですが、きちんとしないやり方にとても不満でした。ついにある日私は我慢できず、ＰＴさんに、

「すみませんが、可動域いっぱいまできちんと曲げ伸ばしをしていただけませんか？　何か、まだいっぱいのところまでには余裕があるんですよね」

とお願いしたところ、

「ちゃんとやっているでしょ!!」

と、逆に怒られてしまい取り合ってもらえませんでした。マット上のＲＯＭエクササイズの練習に関しては、退院をする最後の最後までずっと不満の連続でした。それどころか、リハビリ室ではマットと車いすの移乗の最中に三回も床の上に取り落とされ、ＰＴさんのその軽率な行動を本当に疑ってしまいました。

毎日がただひたすら「立つ」練習でした。一カ月ほどしてやっと歩行訓練が開始されました。半円形をした歩行器につかまりながら立ち、背後から私の腰をＰＴさんが支え、私の歩行器の前側には歩行器自体が勝手に動かないよう看護師さんが支えてくれていました。八カ月ぶりに「歩行」することになったわけですが、右眼は眼帯をしているせいか床を見ても立体感がなく、とても違和感があり頭はクラクラしていました。その様子は自分が思い描いている「歩行」とはほど遠く、歩行器にただすがって立っているのが精いっぱいという状況でした。それでもＰＴさんが背後から骨盤を私の歩くリズムに合わせて左右に持ち上げると、二、三メートルくらいは歩けました。歩けるというより歩かされたというような、とてもちぐはぐで幼稚なものでした。右足の膝の部分はまだ少しは曲がるのですが、左足の膝は突っ張ったままほとんど曲がらなくなっていて、それどころか、その左足の膝の部分には痛みさえ走るようになっていました。それでも最初は我慢をしていたのですが、あまりに痛いのでＰＴさんにそのことを伝えると、

「それは、痙性のせいでしょう。痙性はしかたありませんね」

「どうすればよいのですかね？　このままでは、私は歩けませんよね？」

「……。でも、休みながらでも、このまま続けるしか方法がないと思いますよ。痛いのを我慢して続けるか、それとも歩行訓練をやめるか、どちらかだと思いますよ」

それはOTでも同じような状況でした。端座位からマットのふちにふくらはぎを当てて立つ練習のときも左膝は伸び切っていて、痛みもあいかわらずあるのですが、突っ張ったままのその痙性のせいで逆に体勢を崩さず立っていられるという状態でした。OTさんにも私は尋ねました。

「いつからこんなふうになったのですかね？　どうしてこんな膝になったのでしょうか？　治すにはどうすればよいのですかね？」

「……。でも、このままやるしかないでしょうね。痛みをこらえてでもね」

わき上がる疑念

これらの私の質問に、PT・OTのスタッフの方は明確には答えてくれませんでした。しかも、リハビリスタッフのその答えは、私にはとてもキメの粗いもののように思えてなりませんでした。私が尋ねたかったのは医療的な「痙性」の意味なんかではなく、「痙性」を事故の後遺症として患っている患者、しかも痛みを伴っている状況に対するリハビリとしては、「今現在行っているリハビリで適切なのですよね？」という確認の意味を含んだ質問をしたつもりだったのです。痛みを我慢するという私側の問題ばかりでなく、リハビリスタッフの側からも何か提案とかないのだろうか？

私は、いま行われているリハビリに対してひどく疑念を持ってしまいました。

リハビリスタッフであるPTさんが私の質問に直接的に答えてくれないのは、過去において私のような患者の症例に遭遇しなかったからなのだろうか？　四十歳近くまで？　リハビリ病院なのに？　私にはとても考えにくいことのように思えてなりませんでした。これまでそんな症例に遭遇したとき、リハビリスタッフの方々はそういった患者さんにはどのように接してこられたのだろうか？　論理性のない回答で患者さんたちは納得されていたのだろうか？　私はなんとも割り切れない切なさで胸がいっぱいになっていました。自分がなぜリハビリをしているのか、自身がどこへ向かっていこうとしているのか、そんな基本的な大きな目標さえ失ってしまいそうでした。いつしか私は、自分自身とOT・PTのスタッフの方を、お互い業種・業態が違うから、それはできないことなのかもしれませんが、「プロ」としての比較をしていました。少なからず、そして間違いなく私の中での楽観性は減退していっていました。空虚な空間を模索しながら、目を閉じて、ただ無意味に走っているかのように思えてなりませんでした。

言語聴覚療法は同じフロアの一角にありました。私のトレーニング室は畳一畳ほどの部屋で、窓もなく、奥行き三十センチくらいのテーブルが壁に設置されているという簡単なものでした。リハビリスタッフがカセットデッキとヘッドホンを持ってきてくれ、そのヘッドホンを耳に当ててセットされたテープに沿って、ただ、壁に向かって大きな声で反復練習するのでした。

「学校、時計、机、本、……」

単語を五十個、大きな声で発声練習し、それが終わると簡単な文章を二十個発声するという単純な内容でした。しかし、一〇分も繰り返すと、やがてめまいがし頭がクラクラしてくるのでした。PT、OTと同様に「この"闇"を突き抜けなければ、決して、絶対に、"光"は差し込んではこない」、そんな低次元のモチベーションだけが私を支えてくれていました。

何もできない自分

病棟生活は、前の病院とは大分様相が違っていました。少しも威圧的なところがなく、むしろ開放感さえ感じるほど快適な病棟生活でした。病室からの眺めも、病棟のほとんどの窓からも無機質なコンクリートの建物が目に入らないせいか何か自分が特別な空間にいて、そして使っている時間さえゆっくりしたものに感じるのでした。少しおかしく感じたのは、一日のスケジュールに体操の時間があることでした。私も指くらいしか動かせないにもかかわらず、これは一つの生活の「メリハリ」だと思い、いつもそれに参加していました。私の体はあいかわらず動かなかったのですが、ただ車いすに乗ることに関してはかなり長時間座っていられるようになっていました。

ある日の夕方、妻と私は一階の玄関ホールにいました。いつも車いすを漕いでがんばっている患者さんたちを見てとてもうらやましく思っていたのですが、そのとき急に私もやってみようと思い立ち、車いすを漕いでみました。しかしやはり、右が6 kgで、左が4 kgしかない私の握力では車いすは前に進みませんでした。ただ、車いすを手で前に漕ぐことはできないのですが、タイヤの外側についているリムを指先で後方に引っ張ると後ろ方向には動いたのです。右手しか使えないのですが、その使える右手の指先でリムを後方に引っ張ると、車いすはただ同じ場所をむなしくグルグル逆回転するだけで一向に前進はしてくれないのですが、しかし、それだけでとてもうれしく、そばで見ていると滑稽なくらい何度も何度も同じ場所を回り続けました。事故後、七カ月が経っていました。

三月には息子も大学を卒業し、私の会社の保養所に連泊していた妻と連れ立って毎日面会に来てくれていました。日常の生活の中では、起床してから就寝するまで自分でしなければならないことがあまりにもたくさんあることを嫌というほど実感させられる毎日が続いていました。朝起きて食事をし、歯磨き、トイレ、リハビリに行き、昼食を摂り、また歯を磨き、そしてまた…。

何一つ自分でできないので、すべて看護師さんにお願いするしかありませんでした。毎日お昼頃には妻と息子が病室に来てくれ、そのときばかりは看護師さんの代わりに息子が率先して食事の介助や食後の歯磨きをやってくれていました。息子から介助されながら私はふと私や私たち姉弟が過去において、病床に伏していた両親に対して接していたときのことを思い出すのでした。

リハビリ病院の広大な敷地には至るところに見事な桜の木が植えられており、桜の開花のシーズンにはそれらを地元の一般市民にも開放し、たくさんの花見の人たちがここを訪れていました。しかし、そんなにぎやかな周りの状況とは裏腹に、先の病院での入院生活から今日まで一生懸命リハビリを続けてきたにもかかわらず目に見えるほどの回復もなく、あいかわらず私は一人では何にもできない状態でいました。そのことが、私自身を否定的なすべての言葉が当てはまるほど苦しませ、卑屈にならせていました。私の屈折した心は、まだ事の良し悪しなど正しく判断できる状態にないのが自分でもよくわかっていました。心は容赦なくねじれにねじれ、屈折の極限にありました。ただいたずらに時は無情に過ぎていくばかりで、精神バランスの悪さは先の病院のときとなんら変わりはありませんでした。あれほど仕事でも、そしていろいろな状況や条件の中でもいち早く判断してきた私が、なぜこの状況下で何も判断できないのだろうか？　選択の連続の人生で、たくさんの判断をしてきたはずなのに。私はすっかり自分を見失い、自分への自信さえも完全に喪失していました。

息子の介助に想う

桜の季節が過ぎ去り、病院とは反対の山側からは若葉の勢いが眩しいくらい目に射し込む季節になっていました。私はあまりにも遅い回復に、いや、遅いというよりは、ほとんど回復していない状況に「ここでは、これが限界なのではないだろうか？　このままでは、ただ大切な時間を無駄に費やすのみではないのだろうか？」と考えるようになりました。そればかりかついには、私はリハビリのスタッフに対して深い不信感を抱くようになっていました。「責任の転嫁」という自分の傲慢さを棚に上げてです。時間から置き去りにされてしまいそうな激しい焦燥感と整合性のない訳のわからないいらだちに、自分で自分の心を処理できなくなっていました。

そして、くしくも今現在私自身が障害を負い妻や息子から介護されていることが、しかも、父が入院をしていたこの同じリハビリ病院でというのがなんとも不思議な気がしてなりませんでした。そして、父のことを思い出すたび、私の心はさらに深く郷愁的な気持ちになっていくのでした。私に対して妻や息子は最高の配慮を見せてくれ、私のためにはまったく労をいとわない努力をしてくれていました。かつて私たち姉弟は父母が闘病生活の折、「両親に対して、いまできる最大の努力をすること」、そして私たち自身が後日そのことで「絶対に後悔の念を抱かないこと」を約束し実行したことを思い出していました。しかしながら、このことは数年間私の心の中で封印されていたにもかかわらず、図らずもかいがいしく私の介護の手伝いをしてくれている息子の姿を見ることによって、一考の余地を生むことになってしまったのです。

息子は大学卒業後、就職するまでの休みを利用して毎日、妻と連れ立って病院へ見舞いに来てくれ、夕方まで一緒にいてくれました。歯磨きや洗面の介助、眼帯のつけ換え、夕方の車いすでの散歩までしてくれました。いつ覚えたのか、夕食後私がベッドに横になると見よう見真似でＰＴのスタッフの真似をし、手足のストレッチまで始める始末でした。息子からいろいろな介助を受けていて、さらに私は私の父母のことを思い出していました。その当時は間違いなく「いま、できる最大の努力をすること」で両親と接していたと確信をしていたはずなのに、果たして私が取った行動は、あれは本当に最大の努力だったのだろうか？　息子がいま私にしてくれていることと比較したら、私が父母に対して行ったことは「最大の努力」の範囲内だったのだろうか？　父母に対して、さらなる配慮ができたのではないだろうか？　私は静かに自身を振り返っていました。

3回目の転院

病院側からは、入院四カ月目での転院を余儀なくされていました。そしてまた、私の周囲の人たちに迷惑をかけるときがやってきました。これまで、すでに多大な迷惑をかけているにもかかわらず叔父夫婦が必死で奔走してくれ、やっとのことで転院先を決めてくれました。退院当日は、同部屋の皆さんが見送ってくれました。いつしか、患者同士お互いが共に病と戦っている「戦友」の気持ちが強くなり、素直に心の底から退院する人、転院する人に対して、「お世話になりました。これからも、くじけることなくお互い一生懸命がんばりましょうね」が挨拶として繰り返されるのでした。見送る側も、見送られる側も、涙を見ずにはいられない光景が繰り広げられていました。

両親の病と兄妹の誓い

私の母は一九九四年の春、糖尿病から併発した腎臓と肝機能の低下が原因で地元の国立病院に入院をすることになりました。私たち三人姉弟のすぐ上の姉は大阪に、長女は両親と同じ地元にそれぞれ在住していた関係で、母が入院をしても姉がそばにいるからということで父は実家で一人で生活をすることになりました。父と姉は、それこそ毎日母のもとへ見舞いに行き身の回りの世話をしていました。私たち夫婦は母が入院をしてからというもの、毎週土・日を利用して姉や父に代わって母の見舞いや身の回りの世話をするため実家に帰ることを決め、そしてそれを実行していました。そんな生活が数カ月続けられていたのですが、夏も終わろうとしていた頃でした。私の会社に、姉から一本の電話が入ってきました。父が病で倒れ、かかりつけの内科の病院に運び込まれたが、そこでは処置できず脳神経外科に転送されたとのことでした。母が入院してからというもの、姉が毎日、父の夕食の支度をするために実家に帰って世話をしていたのですが、それでも恐らく朝食、昼食までもが不規則になってしまい、それに伴って父の生活のリズムも狂ってきていたのでしょうか。

病院に駆けつけると、主治医の先生が、

「脳梗塞です。そして、まだほかにも梗塞を起こしかかっている部分もあるので油断ができません。しばらく様子を見てみましょう」

幸いなことに手術をしなくてもなんとか処置でき、まして直接死に至らなかったことを私たちは心から喜びました。しかし、いずれにしても毎日病院に見舞いに通っていた父が来なくなるわけですから、母もきっと不思議がるに違いないし、知らせたくはなかったのですが、その翌日このことは姉から母に告げられました。その週から私たちは非常に落胆した気持ちを胸の奥にしまい込み、父と母が入院をしている二カ所の病院を見舞うことになったのでした。母がまだ元気な頃、いつも口癖のように私たち姉弟に、

「私は父ちゃんより絶対先に死ねないし、死なない。こんなわがままな夫《ひと》を残して逝ったりはしない。後に残ったお前たちが苦労をすることになるから」

と、そう言っていた母は父の病気のことをどんな気持ちで聞いたのだろうか。それを察すると、私はいたたまれない気持ちでいっぱいでした。その週の土曜日、母に面会に行くと予想していたとおりの憔悴しきった母の顔がありました。そして母は、自分が入院中の間の出来事とはいえ、父への自責の念と父への愛情なのでしょうか、そんな不注意で健康に配慮しない父を責める言葉ばかりが口をついて出てきました。直接、死に至らなかったものの、父の病状は決して軽いものではありませんでした。右半身が不随になり、言語にも障害をきた

していました。私たちが病室を訪ねてもすぐには私や姉を「子ども」と理解できないのか、しばらくの間じっと私たちを見つめ、それに気がつくと「はっ」と我に返ったようににっこり笑い返してくれるのでした。

姉弟で最大限の努力をすること

当時、姉は自宅近くの会社に勤務しており、その関係で勤務後毎日、国立病院と脳神経外科病院へ入院している父と母の世話をしに行くというかなりハードな生活になっていました。脳神経外科病院も完全看護の病院ではあったのですが、私たちがいつもそばについていてあげられないので、少しでも父の話し相手になればと思い家政婦さんを雇うことにしました。私たちは父の日中の生活については、彼女から具体的な報告を受けることができました。リハビリについては、午前中にリハビリのスタッフが来てベッド上で軽く手足を曲げ伸ばししてくれているとのことでした。食事は流動食で、そのほかに何本もの点滴を受けていました。母が倒れ、父が倒れて、大阪の姉も頻繁に実家に帰って来てくれていました。私たち姉弟三人は、あまりにも突然に訪れた厳しい容赦のない現実を突きつけられていました。考えてみれば、私たちは毎日をあまりにも「平穏」に、そして幸せな日々を送っているがためにそのことが「平穏」などとは、そしてそれがとても幸せなことだとは露ほども思わなくなっていたのでした。まさに青天の霹靂でした。そして、「私たち家族に限って…」という思いは、どれほど自分たちが傲慢に生きているかの証明でもありました。私たちはこのつらい現実を前にして姉弟三人であることを約束し誓い合いました。それは「父母に対して、お互いが、いまできる最大の努力を惜しまず行うこと。父母のためにも自分たちそれぞれのためにも、後になって決して後悔の念を残さないように協力し、そして両親のために精いっぱいの看病をする」ということでした。父母の愛情をいっぱい浴びて育った私たち三人は、何の躊躇もなく心底「親の力になりたい」そう思いました。

父は、約一カ月半の脳神経外科の治療を終え、その後のリハビリを受けるため実家からそう遠くはないリハビリ病院に転院することになりました。当日、姉の運転で家政婦さんと共に四人で向かいました。道中、車窓から見覚えのある景色が父の目に入ったのでしょうか、言語に障害を起こしているのではっきりと聞き取れはしないのですが、父は盛んに何かを言おうとしていました。地元の病院から次のリハビリ病院までの道路は山の中腹を走っていたため車窓からの景色も見晴らしが利き、遠くに見える山々も秋という季節のせいか、その日は一段とくっきり鮮やかに澄み切った空気の中にその姿をわれわれに見せていました。車窓に展開される目前の山々も紅葉の季節のため、常緑樹の中に赤や黄色の色づいた木々がコントラストよく散りばめられ、それぞれの樹はその役目を十分に果たしていました。

以前、私は父母に、

「日本で、どこの紅葉が一番きれいと思う？」

と尋ねたことがありました。そのとき、二人とも口を揃えて、

「それはなんと言っても黒部峡谷だね。あんなきれいな紅葉はかつて見たことがない。言葉では表現のしようがない」

子どもたちもまだ見ていないものを自分たちが先んじた優越感とも取れる、勝ち誇ったような口調で父母がそう言ったのを私は思い出していました。そしていま父が言わんとしていることはまさにそのことにちがいないと私は確信していました。

父としての威厳と誇り

リハビリ病院では、父の病室は一階のA病棟があてがわれていました。病院自体が少し高台に位置しているため、父の病室からは青々とした静かな水面を見せる湾に大きく突き出した格好の山が迫り込んでいる景色が見えていました。病院の周囲もとても静かな環境で、これからリハビリを行おうとしている父にとっては絶好のロケーションのように思われました。しかし、入院をした当日にはもうすでに看護師さんから次に転院する病院を手配するように言われました。実は、先の脳神経外科病院でも、入院をしてすぐにリハビリ治療をする

べく次の病院の手配をするように言われていたのですが、転院できるような病院に心当たりのない私たちは病院にそのことを話してこのリハビリ病院を紹介してもらったのでした。国立病院に入院している母の状況からして、父のこの転院という状況はいくらいまの日本の医療制度とはいえ、何かとても不合理なことのように思えて、すんなりと合点がいくものではありませんでした。

父には、物理療法、作業療法、言語聴覚療法の三つのプログラムが用意されていました。毎日の個々のプログラムの具体的な内容についてはよくわかりませんが、週末に面会に行くと大抵は作業療法の時間帯で、父はテーブルについて、左手の手指訓練なのでしょうか、特殊な箸を持って缶の中に入っている豆をつかむ練習であったり、麻痺のある手でお手玉を右の箱から左の箱に移し変えたりする練習をよく見かけました。私たちがそばに近づき声をかけると私たちを「子どもたち」と認識するまでに少し時間はかかるのですが、それがわかるや否や気恥ずかしそうな笑いを返してくれました。その照れくさそうな笑いの中に、私はこの状況で父が男として、また子どもたちの父親として、自分が子どもたちに父としての「威厳と誇り」を喪失してしまっているかのように思われているのではないだろうか、とでも考えているかのように思われてしかたありませんでした。そして、父の照れ笑いはきっとそのことによる笑いではなかったのだろうかと考えていました。たとえどのような状況下にあろうとも、父の「威厳と誇りの喪失」などあるはずがないにもかかわらずに、です。そして、もしもうまく会話ができたなら、恐らく父は、

「大の大人がこんなままごとみたいなことしておかしいだろ？　まったく、やっていられないよ!!」

と、言うにちがいないと思いました。

父母から受け継いだもの

母は変わらず国立病院で加療中でしたが、晩秋も迫った十一月の終わり頃に、そもそもの持病のほかに併発した肝臓の機能の低下が顕著になり、ついには肝硬変まで引き起こしてしまっていました。そして師走に入ったある日、私たちは主治医の先生から私たちが一番恐れていた世にも恐ろしい言葉を聞かされたのです。

「もうそんなに長くはもたないかもしれませんから、覚悟だけはしておいてください」

それでも私たちはいつもにこやかな顔をして、何の変化もない日常をつくって母と接していました。母はなぜかしら、ベッドに寝た状態で自分の顔の前に何か邪魔なものでもあるか

のように気ぜわしく手で払いのけようとする動作が多くなっていました。

「母ちゃん、そこには何もないよ。何か見えるの？」

「何か、小さい虫が飛んでいる。追っ払って！」

もちろん小さい虫など飛んでなく、明らかに母が見ていたのは幻覚だったのでしょう。そんな母の仕草を見ていると、大樹についている葉がどこからともなく吹いてきた風に誘われるように音も立てずに舞い落ちるような空虚さが私たちの心を占めていました。私たち子どもにとって直視するにはあまりにも過酷で切ないこの現実を同じく病に倒れた父に到底告げられるものではなく、母の前でそうであったように私たちは父の前でも何の変化もない日常をつくることを決めていました。

父と母の最後の会話

暗く、そして長かった年が去り新年が始まった一月二日に、父の入院先のリハビリ病院から外泊許可をいただき父を実家に連れて帰ることにしました。父を乗せた車が実家に近づくにつれ、車窓に飛び込んでくる景色もまただんだんと見慣れたものになってきたのでしょうか、父の表情が次第にゆるんできて、ついには「おぉー」とか「あぁー」とか言葉にならない声を出していました。残念ながら母はその場にいませんでしたが、久しぶりに一家でお正月の食卓を囲める小さい安堵感がありました。義兄たちもかいがいしく父の口に食事を運んでくれ、父もそのことがわかるらしく、そしてそのことがよほどうれしかったのでしょうか、何度も何度もうなずき返していました。翌日三日には、久しぶりに父を母に会わせようと家族全員で入院中の母を見舞いました。父を車いすに乗せ母の枕元に連れて行くと、母はうれしそうな顔で、

「父ちゃん、調子はどう？　ちゃんとリハビリはしている？　ちゃんとしないと、だめよ！」

父がそのときの母の姿を見てどのように感じたのかは定かではありませんが、父はボロボロと涙を流しながら、

「トシ子、お前こそ！」

たしかに父は、そう言ったと思います。

「お願いだから、皆に心配をかけないようにね。私のことは心配しなくていいから…。どんなリハビリをしているの？　毎日きつくない？　先生たちの言うことをちゃんと聞かないとだめよ。いい？　わかった？」

母はそれだけ喋るのが精いっぱいの声で、何も答えられない父に向かって、それはまるで子どもを諭すような静かな口調でそう言いました。私たちはベッドの周りで二人を取り囲むように見守っていましたが、次から次へとあふれ出る涙を二人に気づかれまいと必死で堪え

ていました。長い間会えずにいた父と母の二人の会話は、これを最後に二度と交わされることはありませんでした。その四日後、早い朝、母は静かに眠るように浄土へ旅立って行きました。

その日はとても寒い日で、窓の外はいつしか降り出した雪が強風で真横に流れるほどの吹雪になっていました。二十歳で、同じく二十歳の父と結婚をした母は大戦で父が出兵し、そして復員した後、父の役所勤めの傍らで農業に専念していました。朝早くから夜遅くまで、本当によく働く人でした。母のそんなかいがいしい姿を見ていた私たち姉弟も、毎日学校から帰るや否やランドセルを家の中に放り投げるとまっすぐに畑や田んぼに向かったものでした。田や畑で母と接し手伝いをしたり遊んでもらったり、親姉弟皆で泣いたり笑ったり、私たち姉弟の子ども時代の思い出の大部分はそうした環境の中でのものでした。時間の経過とともに、子どもたちを取り巻く環境は大いに変化を遂げるのですが、しかしながら母の持っている日常は七十二年間ほとんど変化をするものではありませんでした。土に生まれ、土と共に生き、そして土に還っていったような気がしてなりません。自分の基軸をいつも田畑に置き、大自然と向き合いながら毎年手塩にかけてつくる農作物の成長を楽しみ、またその年々の豊作を喜び、そして感謝をし、不作なら翌年に豊作になるよう神様に謙虚にお願いをしていたものでした。そんな大自然を相手にしていた母は自然の力による「流れ」というものを日常的に、そして身近に何度も感じとっていたのでしょうか、私の高校受験のときも大学受験のときも、その当日不安そうな顔をして出かける私を呼び止めて、

「かんちゃん、物事はね、なるようにしかならないから……。まして、お前の命まで誰も取るわけないのだから、安心してがんばってきなさい」

この母の言葉は私の人生の中で次から次にやってくる節目、節目で、私に大いなる勇気と決断力をくれました。

夫婦の以心伝心

姉夫婦と翌日の母の葬儀の段取りを済ませるや、その足でリハビリ病院に入院中の父の次の転院先である病院に私たちは向かっていました。父の入院許可をいただけるようお願いに行く約束の日が、くしくも母の命日と重なっていたのでした。次の転院先の病院での用事を済ませると、そのまま私たちは父の病院に引き返し父を見舞いました。数時間前に起きた母の死について父に知らせるべきか否か、私たちは親戚の方々と話し合い、そしてやはり父にはこのことを知らせないほうがよいだろうとの結論に至っていました。

病院に着くと父は昼食を終えてベッドに横になっていました。私たちは父に対して、一生懸命普段どおりに振る舞いました。そして、しばらくして帰ろうとしたとき父がなにやらボ

ソボソと喋り始めました。

「帰りたい」

父は消え入りそうな声で、そう言いました。

「帰りたいって、実家のこと？」

「うん」

「帰れるわけがないでしょ」

「特急で帰る」

「特急なんかで帰れるわけがないでしょ」

「明日、家で何かがある」

「何もあるわけないでしょ。しっかりリハビリをしてね。じゃ、また来るからね」

私たちは父にそう言い残すと、後を振り返りもせず走るようにその場を立ち去りました。停めてあった車に乗り込んだ私たちは、しばらくその場を動けませんでした。それどころか皆背中がゾクッとし、ただならぬ寒気が背筋を走っていました。なぜ父は明日帰りたいなんて言ったのだろうか？　なぜ父は実家で何かがあることを察知したのだろうか？　誰も母の死についての報告など、絶対にしていないはずなのに…。私たちの父との面会は完璧なまでに普段どおりだったはずなのに…。私たちの洋服に線香やロウソクの匂いがついていたのだろうか？　それとも四日前に国立病院で父が母と面会したとき、父は母の精気のない顔を見て最期のときが近づいているのを直感的に感じていたというのだろうか？　大戦中、父は衛生兵として従軍し、その任務の中で数多くの負傷兵や戦死者を見てきたことでしょうから、あるいはそのときの母を一見し、「死相」を勝手に判断してしまったのかもしれません。私たちは何の根拠もない想像を繰り返すばかりでした。しかし私には、それは夫婦以外には決して理解できない、いえ、五十二年も連れ添った夫婦だからこそ起こり得る子どもたちの理解をはるかに超越した次元の「以心伝心」にちがいないと確信していました。

男たるもの、「潔し」をもって本文とすべし

同月の二十日、父は次の転院先の病院に入院しました。一とおりの入院手続きを済ませ病室を出ようとすると家政婦さんから呼び止められました。ベッドのそばまで歩み寄っていくと、父が訴えるような目つきで私を見て、

「もう死にたい」

私はそんな父の不意をついた言葉に冷静な判断ができず、反射的に

「何を、ばかなことを！」

「もういいよ。十分だ」

「そんなこと言わないでリハビリがんばろうよ。皆、父ちゃんが治って帰ってくるのを待っているよ」

父はそのとき、「自分の人生は自分なりに十分に生きた、だからもうこれ以上生きる必要がない」とでも言いたかったのか、母が亡くなったのを霊的に察知し、そのうえで「母がいないこれからの人生を自分一人で生きていく気はない」と言いたかったのかは確信は持てません。しかし、その日を境に父は一切の食事を口にしなくなりました。最後は流動食さえも拒み始めました。見舞いに行くたびに父に「流動食だけでもちゃんと摂るよう」と強く言うとその場では了解してくれるのですが、私たちが帰ってしまうとやはり元の自分のペースに戻るのでした。当然のことながらそのような状況下で病気の回復など望めるはずもなく、ただ、父の病状は悪化の一途を辿るのみでした。

そしてついに父は、帰らぬ人となってしまいました。母の死後一カ月経った三月三十一日、早朝のことでした。私たち姉弟は、ついに大切な両親を失ってしまったあまりの悲しさに場所も時間もはばからず大声で泣きました。茫然自失の私たちは静かに眠る父のもとをなかなか離れることができず、立ちすくみ、思い思いがそれぞれに別れの言葉を口にしていました。一階の父の病室は小学校の運動場に隣接していて病室との間にはとても大きな桜の木の植え込みがあり、その年は少し桜が早咲きだったのでしょうか、すでにたくさんの桜の花がハラハラと舞うように散っていました。その花びらが父からの私たちへの別れの言葉だったような気がしてなりませんでした。

大正生まれの父は、「男たるもの、『潔し』をもって本文とすべし」を「男の旨」と強く思う人であったと思います。ある日を境に父が食事を摂らなくなったのも、それもまた自らの選択であったのかもしれないし、自分なりの「潔し」の部分がそうさせたのかもしれません。そして、間違いなくその血を継承している私は、子どもの頃から見てきた父の生き様に共感し、私の心の片隅にいつもその思いは存在していました。それゆえに、父に対してさらに親愛の度が増すのでした。生きて行くうえでの勇気ややさしさ、そのほか多くのことを父から学びました。父は、三十六年間もの長い間公僕として仕え、退職してからも町の要職を担い、そして私たちを育ててくれました。まさに尊敬に値する人でした。私は父が六十歳で定年を迎えるまでは、時折は意見の食い違いで衝突する場面もありましたが、父が還暦を迎えると私は一切父に対して異議を唱えるのやめ、完璧な「イエスマン」に徹しました。そして、父母が病に倒れてからは、父母のために一生懸命看病をするのは当然のことながら、私たち姉弟自身のためにも、後日絶対に後悔の念を抱かないよう「いまできる、最大の努力をすること」を姉弟で約束をしていました。

私たち姉弟は、図らずも先に逝った母と浄土の世界で父はうまく会うことができるのだろうか？　やさしい母のことだから、きっと浄土の世界の入り口で父を待っていてくれるにちがいない、霊魂の世界だから心配無用なのかもしれないとか、来世でも二人が幸せでいられますようにとただただ祈るばかりでした。こうして、私たちの偉大な両親は七十二年間の人生の終焉を迎えたのでした。

第四章

リハビリの結果と責任

信じられない看護師の言動

三カ所も病院を転々とし十カ月ぶりに地元に帰れることになった私は、過去、幾度となく通った国道を姉の運転する車の助手席で、何の感慨もなく呆然と過ぎ去る景色を眺めていました。事故の翌年の六月十三日、空気中のそこここから、じとっと、いまにも湿気が滲み出てきそうな蒸し暑い梅雨の晴れた日のことでした。

妻は事故直後、私が入院した病院のすぐ近くの病院で腕や足の手術をしたのですが、術後の経過が思わしくなく、私がこれから入院をしようとしている地元の同じ病院で二度目の手術をするために、私の入院予定日より二週間ほど早くすでに入院をしていました。私たちが病院に着くと、叔父夫婦と妻と、夫婦が共に同じ病院に入院するというので、私たちの介護のために自分の貴重な時間を数十日も割いて来てくれている神戸の姪が私たちを待っていてくれていました。そして、妻は私の顔を見るや、

「ちょっと建物は古いけど設備はよいし、看護師さんたちもよい人ばかりだからね。リハビリ室も広いし器具もたくさんあるし、なかなかよいと思うよ」

なぜか妻は開口一番そう切り出しました。入院手続きを済ませると私たちは病棟に案内さ

れました。建築後の年数は定かではありませんが、その病棟はかなり老朽化が進んでいて、私にあてがわれた四人部屋も古くて狭い部屋でした。入り口を入って一番奥の窓際の自分のベッドまで行くのに、車いす一台がやっと通れるほどのスペースしかありませんでした。窓の外は病院の中庭になっていて、古びた長いすが二、三脚置かれていました。しばらくすると看護師さんが三人やって来て、車いすに乗った私をベッドに寝かせようと一人が脇を、一人が足を、そして一人はベッドの上に乗り、三人は必死の形相で私を抱え上げました。しかし、予想した以上に私の体重が重かったのか、三人は口々に何か「ブツブツ」不平を言い出し、果ては私を「エイヤァー」とベッドの上に放り投げる始末でした。患者の前で、そんなに嫌気な感情をあらわにしてもいいのだろうかと思われるくらい、何の遠慮も躊躇もなく三人は気持ちを顔に出していました。そして、

「売店でラバーマット二枚とさらしの腰紐を二本買ってきてくださいね」

「それは、何に使うのですか?」

妻は、けげんそうな顔で看護師さんに尋ねました。

「ラバーマットはベッドのシーツの下に敷く分、一枚は取り替え用。腰紐は、患者さんを移乗介助するときに、何も持つところがなかったら私たちが腰を痛めてしまうでしょ。だから、患者さんの胴に巻きつけ、それを持って車いすやベッドに移乗するのです。そして取り替え

用と」

彼女たちが何か「ブツブツ」不平を言ったのも、まるで「モノ」を取り扱うかのように私をベッドに放り投げたのも結局は自分たちの身を案じた結果のことだったのです。看護師さんたちの思いもよらぬ発言に私たちはただ唖然とするばかりでした。妻は看護師さんに私の扱いについて前の病院でしていた介助の仕方や留意してほしいところの要点を話していました。車いすの移乗では、立たせてもらえれば立っていられるので無理に抱えなくてもいいこととか、それはトイレにおいても同じだとか、ただ、急に足にショックを与えると「痙性」が入るので足を触るときには少し慎重に扱ってもらいたいなどでした。集中力のない顔で妻の話を聞いていた看護師さんたちがどこまで理解をしてくれたのかわかりませんが、その日の夕方のトイレ介助で、案の定なんにも理解していなかったことがわかりました。そのとき彼女は、自分一人では無理と判断したのか形相を変えて廊下に飛び出し、そして大きなヒステリックな声でナースステーションに向かって、

「誰か、二人来て!!　私一人ではどうにもならないから…。二人来てぇ！」

そう言って応援を呼びつけました。そして続けて、

「毎回毎回こんなのじゃ困りますから、二人は私たちから出しますが三人目の介助する人はそちらから出してもらえませんかね？　入院中の奥さんは無理としても、例えば親戚の方

とか…」

「いままで二人の方に同時に手を煩わせて介助していただいたことがないので、誰も付き添いをつけていませんでした。それでいままでの病院ではうまくいっていたものですから…。ちょっと検討させていただいてもよろしいですか?」

私たち二人は看護師さんの信じられない言葉に唖然としていました。そしてその夜、私は妻に、

「せっかく皆が苦労してこの病院を世話してくれたのに、悪いがほかの病院を当たってみてくれないか? 明日でも明後日でも退院したい。リハビリ以前の問題で、この病棟でやっていく自信がない」

私はまた、妻を困らせる発言をしてしまいました。私がこの病院に着くや否や妻が私を安心させようとして言った言葉、「看護師さんたちも、とてもよい人ばかりだからね」の意味がやっとわかりました。「リハビリをして、回復する」という大目的があるにもかかわらず、初日の段階で私の心はすでに萎えてしまっていました。しかしながら、そんな私のいま置かれている状況から私のわがままなど妻が聞いてくれるはずもなく、私もまた自分自身を納得させるしか方法はありませんでした。

感無量の食事

私のリハビリは、まず作業療法から始まりました。担当は二十代後半の女性のスタッフでした。作業療法室に行ってみると部屋はとても広く、仕切りをした一角には病棟と同じ電動式のベッドが二つ並べてありました。起き上がり、寝返り、ベッドから車いすへの移乗とこれまでの病院でしてきたことと同じトレーニングが開始されました。そんなある日のことでした。ＯＴさんが、

「一度、車いすを自分の手で漕いでみて。どれくらい漕げるのか見てみたいし、タイムも計ってみましょうよ」

と、言いました。以前、リハビリ病院でトライしたときは右手で少し漕げるだけで、しかもバックしかできず、車いすはただ同じ場所をくるくる堂々巡りするだけのとても切ない思いをしたことしか思い出せませんでした。ＯＴさんが床に十メートルの距離をテープで設定してくれ合図と共に漕ぎ始めるのですが、何度やってもどんなに一生懸命漕いでも、ついに退院するまでに「三分」という時間の壁を破ることはできませんでした。また、ＯＴ室に備えつけの介護用品の分厚いカタログがあり、ＯＴさんが自分一人で食事ができるようになる

かもしれないと介護箸の照会をしてくれました。その中から、通称「箸蔵くん®」といわれる介護箸を選びました。それは、箸の先端がすでに開いている状態で手で持ったその箸の元はスプリングで固定してあり、障害のある人にはとても使いやすくなっている「優れもの」でした。いろいろな条件さえ整えば自分で食事をすることができるのがわかりました。食事のとき、テーブルに車いすをピッタリとはめ込み、自分では上げることのできない腕をテーブルに上げてもらい、「箸蔵くん®」を持たせてもらって自分の肘を支点にして食べてみることになりました。しかし、やってみると自分の腕ながらやたら重く、また口に運ぶ一回一回の動作はとても重労働ではあるのですが、それでもなんとか食事ができるのでした。約一年ぶりに摂る「自分」で食べる感無量の食事でした。

ようやく差した一条の光

次に、OTさんはボールペンで字を書くことを提案してくれました。腕も上がらないし指だって動かないのにどうして字など書けようか、書けるはずがない、ぜんぜん違った方向の話だと私はトライする以前にほとんどあきらめていました。しかし、OTさんはそんな私の疑念など関係なく一つの道具を持ってきました。見ると、それはピンポン玉の大きさで、しかもその玉にはボールペンが通るほどの大きさの穴が六カ所開けられていました。OTさんはその穴の中に持っていたボールペンを差し込み、そして私に渡してくれました。用紙の上部を文鎮で押さえその玉を持って書いてみると、筆圧は当然のことながら弱いのですが、なんとも字が書けてしまったのでした。私にとってここでのＯＴは、まさにオリジナリティとクリエイションの世界を私に提供してくれていました。閉ざされた闇の世界から射し込んで来た「一条の光」にさえ思えました。その当時の私はまだまだ「意欲」と「失意」の真ん中でもがき苦しんでいる状態で、ＯＴさんはそんな私の状況を察してなのか否か定かではありませんが、あるとき私にこんな話をしてくれました。

「私の患者さんでね、入院当時はちょうどいまの池ノ上さんと同じような状況の方がいらっしゃって、三カ月くらいで退院をされたのだけど、それから一年ほど経ったある日たまたま私は休暇でその日は車の運転をしていたのですが、偶然バス停でバスを待っているその方をお見かけしたのですよ。両杖でしたけどね。そして次にお見かけしたときには、もう片杖になっていましたよ」

「その方は、交通事故での障害だったのですか？」

「交通事故ではないのですが、たしか脳梗塞だったと思いますよ」

自分の状況とその方の状況を即座に短絡的に重ね合わされるはずもないことくらい十分に承知をしているにもかかわらず、私はＯＴさんの話に自分をオーバーラップさせていました。

そして、それさえも自分にとっては、甘んじて「一条の光」と受け止めようと思っていました。事故後約一年間「あれも、これも、何一つ、できない、できない、できない」から補助具を借りてではありますが、自分で食事をし字を書くことができるようになったことを私は素直に喜びました。しかし、私の気持ちの中ではそれらの出来事も高く掲げた自分のハードルの位置にはほど遠く、「恐らくその目標の数パーセントにも達していないことだ」と恐ろしいほど傲慢な気持ちでこのことをとらえていたのでした。しかしながら、過去の病院でのリハビリでは決して感じることのなかったクリエイティブな方法で、私を薄明かりの射し込む部屋に導いてくれたOTさんに対して、私が初めて感じた「わずかな信頼感」であるのは間違いのないことでした。

リハビリに成功と失敗はあるのか

理学療法室に入ると入り口の正面の窓際には治療用のマットがたくさん並べられてあり、すでに多くの患者さんたちがリハビリをされていました。部屋を見回すと潤沢な資金を感じさせるほどの充実した機器設備で、しかも大勢のリハビリスタッフが目に入ってきました。

私の担当は四十歳くらいの男性のＰＴさんでした。午後四時頃からの約三十分が私にあてがわれたトレーニングの時間でした。さっそく、ＰＴさんは私を平行棒のところへ連れていき、私の手を取って平行棒につかまらせ、そして立たせてくれました。

私の立位の様子をじっと見ていたＰＴさんは一人でうなずきながら、そして言いました。

「クローヌスもあるし痙性も強いね。ＲＯＭエクササイズで筋力の強化を図るしかないな。それと膝がバック・ニーになりかかっているよ。バック・ニーになってしまうと、もう歩けなくなってしまうよ」

「バック・ニーって、それは何ですか？」

「反張膝といって膝が逆『く』の字になってしまい歩こうにも歩けない。膝関節がロックされた感じですかね」

初めて聞く言葉に、そう説明を受けた私はその内容に愕然としました。事故以来、相当の時間を費やし、また経過した病院でのその時々のリハビリは自分にとっていつもベストのやり方であったにちがいないと信じて疑わずにやってきました。そして、そのことをその都度確認してきたにもかかわらず、どこの病院でも「バック・ニーになると、もう歩くことはできなくなるよ」など言われたことなどなく、ましてや、そんな指摘をされたことなど一度もありませんでした。指摘をされるどころか、あんなに膝の痛みを訴えこのままトレーニングを続けてもいいのかどうかの確認をしてきたのに、今さらながらこの場に及んでそんなリスクを聞かされるとは、事の良し悪しとかの整合性は追及できるものでもないでしょうが、私はリハビリの世界に対してただただ驚いていました。そんなことなど露ほども知らず、毎日毎日膝の痛みに対しても歯を食いしばって我慢をし、そして歩行訓練をし、ろく木に必死でつかまり立ちを繰り返したあの練習の日々はいったい何だったというのでしょうか。私は言いようのない怒りと深い脱力感に襲われていました。

今さらながら…

どのような世界にも、どのような業界にも関係なく相反する二つの要素は必ずあります。「成功と失敗」「損と得」…。私は企業人なので、その結果は端的に、そして冷酷に数字であらわされます。そして「損」か「得」かでのみ評価が下されるのです。では、リハビリの世界ではその基準たるやいったいどのようなものなのでしょうか？　患者さんと向き合いながら患者さんの置かれた状況を把握し、仮にその病院で与えられた治療期間が三カ月なら、その三カ月の間でリハビリスタッフができ得るかぎりのことを含めたアイデア・プランを一方的に設定するのでしょうか？　そして、結果、スタッフが当初に描いたアイデア・プランどおりか、あるいはそれに近い結果が得られ患者さんやその家族の方々から深く感謝されたとするなら、それは「成功」なのでしょうか？　では、その逆はないのでしょうか？　もしも、リハビリスタッフのミスリードによって、三カ月の入院治療後スタッフと患者さんの「思惑」の違いなどが発生した場合はどうやって解決するのでしょうか？　それとも、仮に問題が発生したとしても何も解決などしなくて、しかも原点に立ち返ることなく一方的に時間の流れのままに問題自体を流してしまうのでしょうか？　私は、「バック・ニー」なんて、聞いたことのない言葉とその言葉の意味を知らされ、そしてそれがそのことによって歩けなくなってしまうかもしれないほどの重要な要因だということを、この場に及んで「今さらながら」耳にして強い落胆を感じずにはいられませんでした。約三十年にも及ぶ私の生きてきた企業の世界は結果に対してもっと厳しかったような気がしてなりませんでした。

疑問だらけの歩行訓練

そして、そんな私の気持ちとは裏腹に、私の理学療法の時間は毎日もっぱらマット上でROMエクササイズによる関節や筋肉のストレッチ運動が行われていました。しかし、筋力強化の目的のために行われているこのトレーニングの方法で、歩行練習が可能になるほど筋力がアップするとはどうしても思えず、ある日、私はＰＴさんに尋ねてみました。

「入院して一カ月が経ちましたが、まだ歩行練習とかできないのですかね？　歩行練習を始めたいのですが。だめですか？」

「これだけクローヌスがあり痙性が強かったら、危なくて歩かされないな」

「では、いつになったら歩行練習を開始するのですか？　私は、ずっとこの状態なのですか？　どんなことをしてでも私は歩きたいのです」

私は、ＰＴさんに私の思いを訴えました。すると、翌日の理学療法の時間にＰＴさんが私に、

「主治医とも相談をしたのですが、三つほど方法を考えました。その三つの方法をまずはやってみましょう。一つ目は、足関節部に痙性を止めるブロック注射をし痙性を押さえ込むということです。ただトライアルのケースだし、大量に投与するものではありませんから効力は二、三時間しかありません。二つ目は、三センチくらいのヒールを片方の装具の底に取りつけること。どうしても痙性の入ったほうの足は伸びてしまい、痙性の少ないほうの足と高さ的に差が出てしまうので、そのバランスを埋めるためにヒールのついた装具を履いてそれを補うのです。三つ目は、ちょっと乱暴かもしれないけど、両足のアキレス腱をいったん切断し人工的に『つなぎ』を入れ痙性を落とす。以上の三つだけど、どれから始めてみましょ

うか？」

そう言われた私は、どの方法もあまり意味が理解できていなかったのですが、中でも一番簡単そうで手っ取り早くできそうな二つ目の「三センチのヒール」から始めてみることにしました。翌日、理学療法室に行くとすでに「三センチのヒール」が取りつけられた装具ができ上がっていました。その装具をつけてもらって立ち上がると非常に不安定で、立った瞬間には両足に常時痙性が入っているわけではないので、このことは逆に極端な段差を感じるほどの違和感でした。しかし、だからといって、その装具を装着することが直接歩行につながるとはどうしても思えず、私はＰＴさんに率直な自分の感想を伝えました。その結果、二つ目の「三センチのヒール」は不採用になりました。そして、三つ目の「アキレス腱の切断」は非常に怖いし、どんな理由でアキレス腱を切断すると歩けるようになるのかにわかには受け入れがたく、まだまだそのことについて主治医の先生に詳しく説明を聞きたかったのですそれもお断りしました。しかし、アキレス腱を切断したら、今度はその傷が完治するまでは歩行練習などできはしないだろうと思ったのですが、それも大局的に物事を考えなさいということなのだろうか？　また一方で、入院時から次の転院先を探すように言われている状況の中で、アキレス腱の切断とか、私へ対する時間配分とかはどのようにとらえているのだろうか？　術後の治療だけで許容された入院時間を使ってしまうことになりはしないだろうか？

論理性のある十分な説明も受けられず、どれもこれも本当に私には理解できないことばかりでした。

ブロック注射で痙性を抑制??

そして最後に、一つ目の提案である「ブロック注射」を実行することになりました。注射の効果が二時間くらいということなので、当日の午後から作業を開始し私の理学療法の時間に間に合わせようということになりました。PTさんはもちろんのこと、OTさんも「ブロック注射なんて初めての経験」ということで助手の方と一緒に病室に来ていました。同時に器械も持ち込まれました。私は、若い主治医の先生にどんな方法で実行するのか尋ねました。「低周波をふくらはぎの筋肉に送り、ブロックするポイントを探し出します。注射は左右の足にそれぞれ四本ずつ打ちます。効力としては約二時間くらいしか持ちませんから、終了したらそのまま理学療法に行ってトレーニングで結果を見てみましょう」

そうして作業が開始されたのですが、先生はなかなかポイントを探し出せないのか、機械の調節をしながら何度も何度もうつ伏せの格好で寝ている私のふくらはぎの部分に探知機を当て直しました。しかし、途中で低周波の電流の設定を間違ったのでしょうか、突然、脳天を突き抜けるような、髪が逆立つような激しいショックに見舞われたりしました。そして、左足の四本の注射が完了したのが開始されてから約一時間後のことでした。さらに右足に移行し、同じような経緯で終了したのが、やはり一時間くらい経過した頃でした。すべてが終了した後、当初の計画どおりすぐに理学療法室で立ち上がりの練習を開始したのですが、そのときには最初にした左足の注射の効果はすでになく、理屈からすると後の右足に打った注射の効果はまだ少しは感じられるはずなのですが、練習自体はなんら普段のそれと変わるところはありませんでした。結局、この方法も失敗に終わりました。

PTさんから言われるがまま三つの方法のうち二つを実行してみたわけですが、私にとっては、どちらも納得がいかないものでした。歩行できるようになるには、方法として少しピントがずれてないだろうか？ 例えば、歩行するのに必要な足の筋肉や背筋、そして腹筋を強化するために何かもっとほかの方法があるのではないか、そして何よりまず各部位の筋力の強化を先行すべきではないのだろうか？ トライした「痙性ブロック注射」「三センチのヒール」の二つの方法は順序として筋力強化のトレーニングの後に行ったほうがよいのではないだろうか？ 私はPTさんにそのことを話してみました。すると、

「そう、ゆっくりした時間がないからね。それに『筋力』って言うけど筋力を上げると痙性も一緒に上がってきて、言ってみれば、筋力を強化すればするほど痙性も強化されることになる。つまり、筋力と痙性のほどよい、そのバランスを取るのが難しいのよね」

私にはＰＴさんが言っている意味を理解することなど到底できませんでした。専門であるＰＴさんが、「筋力」と「痙性」のバランスを取るのが難しいと思われるなら、患者である私たち素人がそのバランスについて考えることなどできるものなのでしょうか？　だからこそのＰＴさんなのではないでしょうか？

本当に治療する気はあるのだろうか？

結局、そのＰＴさんは、私が退院するまでＲＯＭエクササイズしかしませんでした。過去にそのＰＴさんは自らその「筋力」と「痙性」のバランスを壊してでも、その先にある世界へ行ったことなどないのでしょうか？　自分の知識や探究心を基礎にして、そのバランスを壊してみるとか、そんなことなど思いさえもしなかったのでしょうか？　それともすでに目の前に展開されている私の現実について、ＰＴさんもまた共有した「現実」として受け入れるには自身のキャパシティを超えてしまっている症例だというのでしょうか？　それとも、あってはならない単純な「怠慢」だったのでしょうか？　それとも、私の立位の姿を見ただけでまるで神様のように「私の限界」を判断できてしまったということなのでしょうか？　それらは私にはわかりませんが、しかしいずれにせよ私には担当であるＰＴさんの一連の言動が、本当に私を治療する気があるのだろうか？「約三カ月の入院期間を過ぎれば去っていくだけの患者」ということなのだろうか？　と邪推してしまい、業種業態は違うにしても、同じプロの職業人として大いに疑問を感じざるを得ませんでした。そして、それと同時に私の心の中は怒りともとれる感情で激しく揺さぶられていました。

病棟での生活は入院当時に私が感じたそのままの状態、つまり、厳しくて冷たい状態のままでした。どんなに寝苦しい暑い夜でも夜の八時になると部屋の冷房は止められ、テレビのスイッチも夜十時には問答無用に落とされました。多くのことに「耐えること」を強いられ、また広い意味で「耐えること」に慣れている患者の中からもあまりの暑さに堪えきれずに、遂には冷房のよく効いたナースステーションに苦情を言い出す患者さんが出始めていました。しかしそれでも、そんな患者の声など「病院の規則」のもとには通るはずなどなく、患者の要求は退けられるばかりで事態は一向に改善されませんでした。私たちは、ただひたすら我慢をするしかほかに手立てがありませんでした。そんなある日、私の隣のベッドに新しい患者さんが入院してきました。他県の作業現場で作業中に足を踏み外して高台から落下し、大けがをしてしまったという患者さんでした。私が入院をしたときと同じように看護師さんから注意点や留意点を聞かされていました。その患者さんに付き添って来られたのはお兄さんで、利便性も兼ねてそのご兄弟の実家の近くにあるこの病院に転院してきたとのことでした。しかし、翌日になってお兄さんが、

「短い間でしたけど、われわれ、明日退院します」

「どうかされましたか？」

「どうもこうもないですよ。私たちはXX県の病院からここに来たのですが、その病院も看護師さんたちも含め、たいがいひどい病院でした。でもここの病院はさらにひどい。その病院で、最低でできの悪い看護師さんと思っていた人がこの病院ではそれが最高の看護師さんなのですから…。一日の大半を病棟で過ごすというのに、そこの看護師さんがこんなに冷たく厳しかったらリハビリの意欲もなくなりますよね？　弟もすっかり意欲をなくしちゃって。昨日のうちに市内の別の病院に入院するよう手続きをしてきました。短い間でしたけど、お世話になりました」

そう言って、その方たちは入院三日目にしてさっさと退院してしまいました。しかし、それでも私は病棟での耐える生活を続けるしかほかに手段はありませんでした。

企業の世界とリハビリの世界

初秋、九月の中頃になると、激しかった乾いた日差しも少しずつ落ち着き始め、射し込む西日もいくぶんやわらか味を増してきていました。病院の前を走る通りを行き交う人たちの影も長くなり始め、それを挟んで建ち並ぶ商店もしばしやわらかな朱の色に染まっていました。日曜日の夕方、誰もいない静かな外来の待合室の片隅で長椅子に腰かけた妻と車いすに乗った私の二人で、ぼんやりと集中力のない視線で大通りの情景を見つめていました。一年以上にも及ぶ入院生活がそうさせるのか、不安定すぎる現在の状況なのか、希望を感じることのできない行く末なのか、私たち夫婦もすっかり口数が減ってきていました。そんな重い空気の中で私は口を開きました。

「リハビリの世界って、何か変だと思わないか？」

「どういうこと？　何が言いたいの？」

「確信的に言うのではないけどね、企業であるわれわれの業界とリハビリの世界を比較して考えてみたのよね。われわれの業界では何か事案が発生するときには、ほとんどの場合、最初に『立案・企画』があって『見積』『契約』『推進・管理』『収支報告』、そして『責任』という具合につながっていく。『立案・企画』の段には社内、部内で相当の協議をする。単純にわれわれの現在の設備も含めてのキャパシティで企画でき得るかどうかとかね。それはリハビリの世界では、どの部分に該当するのだろうか？　患者さんのカルテを先生がご覧になって、この患者さんなら当院でリハビリが可能とか不可能とかの判断なのだろうか？　それとも、それ以前の段階で入院が『可』『不可』の基準なのだろうか？　『見積』とかに該当する項目は当然あるんだろうけど、患者であるわれわれサイドからはブラインドになっていて見えないしね。『契約』はつまり、入院の『許可』に該当するのだろうね。そして『推進・管理』の段になると、ここからが重要だと思うんだけどね、入院してきた患者さんに対してカルテに記されていることや問診などで情報を収集し、さらに患者さんの状況を把握する。そして、入院期間中にでき得るリハビリプランを立てる。そして、その都度、患者さんの状態、リハビリの進捗具合をチェックするということだろうね。でも、よく考えてみると患者さんの意思はどこかで反映されているのかな？　本人に、その『意思の確認』という作業ができる状態になければ当然ご家族の方たちということになるのだろうけど、果たして私の場合はどうだろうか？　いままで経過してきたいくつかの病院に入院中は、まだこちらもリハビリのこともあまりよくわからないし、自分の気持ちのバランスを取るのに必死でそんなリハビリの具体的な内容についてとかは自分の置かれている状況を考えてみると、とんでもないほどかけ離れたところに自分の気持ちが位置していたような気がする。リハビリの世界なんてね、ほとんど私が知らない世界だし何年か前に父のことがあったにせよ、プロのリハビリスタッフにすべてをお任せしていれば何も問題はないのだと思っていた。特別に興味の目を持って見てきた世界というわけでもない。だから、スタッフサイドの一方的なアイデア・

プランのとおりになってしまう。それも、まだ当初はリハビリのスタッフといえば、われわれ患者からすればドクターの存在と同様に、ある種『絶対的』に近い存在だと信じていた。しかし、ずっとリハビリを続けてきて、それは必ずしもそうではないのかもしれないと思い始めた。いま、自分が感じているのは私が生きてきた世界とは大分違うのではないかということを実感している。もっと言うなら、患者に対してもう少しきめのこまかい管理が必要なのではないか？　例えば、患者や患者の家族を含めたお互いが掲げたハードルの高さを確認し合うこととか、リハビリの進捗状況を確認する際、リハビリ治療を始めるに当たって当初決めたことに対しての自分自身に対する警戒感とか疑念とかを頭の隅っこのほうに感じているか？　とかね。それは自分に対して、自信があるとかないとかとはぜんぜん違うんだけどね。

そういうことが私たちの言う『推進・管理』に当てはまるのではないだろうか？　事案を推進するにも、同時に必ず、いつもね、どこかに落とし穴はないか、もうすでに自分は落とし穴に落ちているのではないだろうかとかね、左右前後をも確認をしながら進むべきだと思うのよね。企業ではね、それは、即、金銭的損失に直結しているから。でも、ここのリハビリスタッフの方たちは、そんな意識はお持ちじゃないかもしれないね。歩行訓練もしようとしないものね。かといって、論理的にそのしない理由を説明してもらえるわけでもないしね…」

「そう言われて考えてみると、いままでの病院でもリハビリ中スタッフの方たちは自分たちの余暇の話ばかりに花が咲いていていたような…」

「そして一番重要な会社でいうところの『収支報告』。つまりは結果に対してということだから、病院に当てはめてみるとそれはいよいよ患者さんが退院するとき、患者さん、もしくはそのご家族が満足できるような、あるいはそれに近い気持ちで退院できたかどうかだと思うのよ。そしてそれは次の『責任』という段に、すごく関わってくると思うのよね。『立案』『企画』に始まった時点で、リハビリは誰もがアイデア・プランどおりに進み、誰もが期待したどおりの結果を得ることを確信して始まると思うのよね。しかし、問題は『こと』が私たちが描いた青写真どおりにいかなかった場合のときだと思うのよ。当然のことながら、これらは仕事上の事柄だから、必ずしもいつも一〇〇パーセントに近い満足する答えを得るわけではない。満足する答えを出した場合はそれはそれで『当然』の世界だから、また議論の余地もない。問題はその逆の場合だ。企業では数字がすべての世界だから、結果が想定外のときはしかるべきペナルティがある。ペナルティの度合いは、そのはじき出された数字いかんだ。そして、さらにまずいのは結果の数字が小幅ながら『プラス』ならまだましで『マイナス』に転じた場合だ。そのときには『責任』の二文字がしっかりとついてくる。そして、それは自分からは拒否できない。場合によっては『転属』『左遷』『減給』など、形になってあらわれてくることもある。じゃ、リハビリの世界はどうなのだろうか？『責任』とかあるのだろうか？」

「企業じゃないから、それはないでしょ。仕事の性格として違うのではないの？　形としてもよく見えないし…」

「そうかな？　でもあるべきはずのものよね？　当然、企業とはニュアンスが違ってくるだろうけど、『責任』の意識がなければどんな業界でも『野放図』の世界になってしまう。それはあり得ないと思うよ」

「でも私たち、いままで経過してきた病院ではあまりそれを感じなかったね。何か、スタッフの方も淡々とされていて…。時間がきました、退院です…って感じ？」

私からこのことについて言われると、妻も「責任」ということについて真剣に考え出していました。私は続けて、

「入院中、患者は患者で少しドラスティックに言うとその間『時間』『労力』『経費』を使っているわけよ。それらをリハビリスタッフの方たちは、どんなふうにとらえておられるのかな？　何かが不足しているから、患者に何も伝わらないのかな？　企業と違って結果が数字になってあらわれないから、だからこそ『責任』の意識がより必要になってくるのじゃない

のかな？　それとも、受け止めるわれわれの側に問題があるのだろうか？　結局、企業で一番大事なのは『収支』と『責任』で、それ以外はすべてそのための準備にほかならない。その大事な二つの要素に該当するものは、リハビリの世界ではないのだろうか？　いずれにしても、ここの病院までリハビリを続けてきたわけだけど、この調子だとこの先もリハビリにはぜんぜん期待が持てないよね。お前の目から見て、どう？　私は少しは治ってきている？本当に回復感がないのよね。リハビリもサボラないでサボルどころか一日も休まず。それこそ一意専心の思いでいつも全力投球だったのにね。なのに、手も足もどこも動き出さない。ここまで努力をしてきた結果がこの有様じゃねえ。傲慢なことだとわかっていてもね、つい責任転嫁もしてみたくなったりするわけよ。この状態がこのままずっと続くってことは私はもう治らないってことなのかねえ？　これが最大の限界ってことなのだろうか？　でも、自分はいつも全力投球しているつもりだけど、相手は全力投球をしてくれてはいないみたいに感じるのよね」

「そう思えないこともないけど、でも、それでもがんばり続けるしかほかに方法はないと思うのよ。がんばろうよ」

「いくつかの病院にお世話になってきたけど、よく考えてみたらいままでの病院って皆その地域においては名立たる病院ばかりよね？　どの病院もリハビリ室は広いしリハビリ設備は整っているしリハビリスタッフは大勢いらっしゃったのに、なぜこんなにスタッフの方たちとの一体感が感じられないのかねえ？　たぶんね、私が感じているのはスタッフの方々に『情熱』を感じないのよ。治してくれる気があるのだろうかと疑ってしまいたくなるのよねぇ。どことなくビジネスライクで、商売ならビジネスライクも大いに結構なのだけど人間相手にねえ、こんなものなのかねえ？　『いい仕事をする』の条件の中で『情熱』を除くことはできないと思うのだけど、皆さんそんなものなくてもいいのかねぇ？」

「皆さんの情熱とかヤル気とか、そんなのを感じない何かがあったの？」

「先日ね、いつもどおり治療マットでPTさんとROMエクササイズをしていたとき、リハビリ課の上司だと思うんだけど、来て、私のほうを一瞥して担当に向かってアゴを突き出す格好をしてね、『そっちは？』って言ったのよ。すると担当のPTさんが『四肢麻痺の患者です』って言った。そしたらその上司の方が、『四肢麻痺か』って吐き捨てるように言うと、続けて『そんなことより、僕が頼んでおいた件、やってくれたか？』って。大きな発表会があるって聞いていたから、それに関することだったのかねえ。PTさんがすぐさま、『じゃ、池ノ上さん悪いけど、今日はこれまで』って。『えっ、もう、終わりですか？』って思わず聞き返したよ。まだ一〇分くらいしか経っていないのにね。そそくさと切り上げられてしまって『ヤル気、あるのですか？』って言いたくなってしまったよ。何もかもが納得いかないのよねぇ。こっちは人生を賭けた戦いをしているっていうのにね」

私は、これまで経過した病院でのリハビリも含め、リハビリというトレーニングにとても失望していました。そのリハビリの世界もまた私が闘ってきた世界も、どちらもメカニズムは同じだと思うのですが…。スキルで満足している人は、たぶん一生スキルだけで終わるでしょうし、また一方で、業をマネジメントまで考える人は、その業自体を幅の広い可能性を大いに感じる興味あるものととらえられるのではないでしょうか。しかしながら、自分たちの力ではどうにも作用することのできない目の前の現実に、二人とも黙ってしまうしかほかに方法が見つかりませんでした。

もはやこれまでの人生だったのか！

ここの病院で、いま、痛烈に感じている挫折感の中で、次に展開すべき状況の組み立てなど、もう私はその作業をすることさえあきらめかけていました。しかし、私たちがどんなに厳しい状況の中に放り投げ出されていようが、その厳然たる現実は時間の制限をも伴って容赦なく私たち二人を襲い、まるでその現実は「微動だにするものじゃないぞ」と言わんばかかりに迫り、私たち夫婦に覚悟の催促をしているかのようでもありました。このときすでに私たちは病院側から次に転院する病院を探すように催促されていました。私は、妻に続けて言いました。

「この調子じゃ、日本のどこに行っても同じ結果だろうな。いっそ思い切って、リハビリ先進国のアメリカに行こうや。アメリカの友だちと連絡を取って、至急チェックしてみてくれないか？　あきらめてしまう前にやれそうなこと、後になって少しでも後悔するかもしれないような要素は絶対残しておくべきではないから。それらをまず、すべて身を持って経験してみようや…。自分の人生、すべてを賭けているわけだから…」

「ちょっと待ってよ。その前にまずは、大阪を当たってみましょうよ。もし、大阪の病院で入院許可が出るのなら、私の地元だし浩介も大阪にいるし…」

私は、自分自身でできる作業ではないので妻の申し入れを受けざるを得ませんでした。初秋の日曜日、午後遅い時間帯のせいか辺りはどことなく落莫として、とても寂しい気配に満ちていました。いや、それは遅い時間帯のせいだけではなく、いまの自分の絶望的な状況をただ手伝っているに過ぎないことくらい私にはよくわかっていました。

数日後、大阪の知人より返答があり入院が可能な病院はあるものの、三カ月ほど待機をしなければならないとのことでした。時間的なタイミングが合わず、この話は結局だめになってしまいました。私たちは大阪からの返事を期待して待っていたのですが、結果的に早急にほかの病院を探さなければならず、またアメリカの話もいったん保留にすることにしました。

しかし、それにしても約三カ月に一度やってくるこの病院探しはいつまで続くのだろうか。受傷後、すでにこの病院は私にとって四カ所目の病院で、この時点ですでにまた病院から次の転院先を早急に探すよう通達を受けていました。入退院を繰り返す中で、どの病院でも「約三カ月後の転院先を」という言葉を耳にするたびに自分の希望的観測をあざ笑うかのように自分の置かれた現状を客観的に思い知らされるのでした。

「そうかぁ、私は最低でも三カ月じゃ治らないってことなのだ」と。

次の病院もまたその次の病院でも「約三カ月後の転院先を」という言葉は、私に絶望感のほか何物も与えてくれませんでした。

そんな私は自分が「リハビリ難民」にでもなってしまったのではないかと思えてしかたありませんでした。最終的に私はいったいどんな場所に、どんな目的で辿り着き、そこにどんな生活が待っているというのだろうか。こんな調子で、病院を十カ所も二十カ所も点々とさせてもらえるのだろうか。また現実にそんな生活なんてあり得ることなのだろうか。そんな状況の中で、私は、私自身の気持ちを維持し続けられるだろうか。そしてその先には…。果たしてどこかにうまく上陸できるのだろうか。考えても考えても解答など出るはずもなく、明日のわが身のことなのにいつも私の考え方は考えるのを途中で放り投げ出すような、雑なやり方に変わってしまっていました。そして、襲ってくる不安の波は寄せては返すたびに怒濤のようにその激しさを増すばかりでした。そんな私たちの持っている状況と並行して、同病院に入院をし、またすでに退院した妻と受傷後からずっとお世話になっている叔母にも協力してもらい、次に転院をする病院探しに奔走する日々が始まっていました。

毎夜、消灯の時間がくると、私は薄灯りに照らし出された部屋の天井を眺めながら自分の「夢」について考えていました。そして私は、私が四十九歳まで描き続け、それに邁進してきた自分の「夢」の全幕が下ろされてしまったことを思い知らされ、少しも動き出そうとしてくれない自分の体を感じ、ついには一条の光明さえも見い出すことができなくなっていました。

沈黙の闇の中で屈折した私の心はいつしか挫折感に変わり、抵抗のない漆黒の闇の中にどんどん流し込まれ、そしてついに完膚なきまでに叩きのめされていました。

「もはや、これまでの人生だったのか！」

第五章

企業時代の夢

会社を十社経営する！

大学を卒業した私は大阪の某商社で働き出しました。日本の大手繊維メーカーが原糸を海外に輸出するときに輸入免税措置をした糸巻き用のボビン（スチール、アルミニウム製）も一緒に輸出し、後日、空にされたボビンだけがリターナブルとして輸入されてくるのです。それらの輸入業務と管理、各メーカーへの返却が主な仕事でした。その最初の職場でいきなり、私は企業人としての私にとって相当の影響を受ける人物と出会ってしまったのです。今日の私の人生についての考え方の基盤ともなり、また仕事上の先生になってしまった方でもありました。Kさん、当時、二十九歳だったと記憶しています。数カ国語を操るほど語学に精通し論理的で知識は豊富、饒舌家で義理人情に厚く何事にも決して臆さず、当時から私にとってスーパーマン的存在でした。軽少非才な私が言えることではないのかもしれませんが、四十九歳で企業人を辞めるまで、ついに私はこの方を超える人物に出会うことはありませんでした。振り返って考えてみると、二十三歳だった私は社会生活の第一歩を踏み出した時点で、早くも世界記録保持者に出会ってしまっていたようなものでした。

Kさんは仕事には「スパルタ的」と言えるほど厳しく、いつも私に、

「ここは学校じゃないから、落ちこぼれが出ても手を差し伸べてまで助けたりしないからな。君の短所などまったく興味はない。しかし、もしも長所があるなら、それをさらに伸ばす協力はする。短所を矯正している時間などはない。企業は慈善事業などやってはいない。それと教えるときは一度しか言わないから絶対に聞き逃すなよ」

そう言って、まだ安穏とした学生気分から抜け出せていない私の甘い気持ちを戒めてくれました。しかし。そう言われるとなおさらプレッシャーがかかり、いつも必死の思いでKさんの話を聴き、必死にメモを取っていました。私も大学で貿易学を専攻し少しは勉強をしてきたつもりだったのですが、教えてもらう仕事内容は貿易実務全般に及び、内容もかなり複雑で各部門にわたって広範囲で、しかもその深い知識に私は圧倒されていました。しかし、とてもありがたかったのは、勤務中の話とは別にKさんが仕事を終えると必ず私のために一時間の授業時間を取ってくれたことでした。そのとき書き込んだノートは数十冊にも及びました。大学を卒業するまでの私も夢はありましたが、しかしそれはあくまでも漠然とした抽象的なものでした。「社会」という現実を見ていない時点での夢はほとんど空想に近い理想郷での話になっていました。プロセスなど抜きにした、夢を実現したときの自分の姿をただイメージしただけのものでした。Kさんと出会った私は夢を具現化するための青写真の描き方、推進の仕方、それが成就するための必須項目などなど、初めて現実を見据えたうえに自分の夢をつくり上げることができたと言っても過言ではありませんでした。数多くのことを学びました。それ以降、私の基本的な考え方に最もその影響を感じたのは、ものの見方、聞き方、言い方、一つのものを各方面から見る「範囲のとらえ方」でした。あるとき、Kさんは私の目の前にライターを取り出し、

「これ、何に見える？」

「はぁ？　ダンヒルのライターですよね？」

「ほかには？」

「ライターですよね？」

「君が言っているのは、野球でいうと直球だよね。野球ならほかにもカーブ、ドロップ、シュートとかいろいろあるよな。じゃ、次は変化球を投げてみてくれよ」

「はぁ？　変化球ですか？」

「間違いなく、これはライターか？　ライターは君の固定観念にすぎないかもしれないってことだよ。ライターを横にしたり倒したりするとビルに見えたり電車に見えたりしないか？　要はライターを見てすぐライターと決めつけず、違う方向から考えられる範囲のすべてを考えてみてからライターと判断をしても遅くはないだろう？　事案と直面したら、直感で判断せずもっと多面的にとらえようとするべきだよね？」

それを聞いて、私はそれまで自分では考えてみたこともない考え方に触れ驚きました。またあるとき、

「夕方から、ちょっとつき合えよ。街に行ってみようや」

そう言われ、訳も聞かされないまま、その日の夕方二人で千日前の商店街まで出かけることになりました。通りの中ほどまで行くと雑貨屋さんの店先で立ち止まりました。

「いまから君とちょっと競争したい。中に展示している『マージャン・セット』があるだろう? 値段は八、七〇〇〇円となっている。時間無制限で力いっぱい値段交渉してこい。そして、君が交渉した金額を、さらに僕が交渉できるかの競争だ。君が交渉して値下げした値段以上の値段を僕が出せれば僕の勝ちだ。いいか?」

結果的に七、〇〇〇円代まで持ち込んだ私の値段を、さらに上回ってKさんは六、〇〇〇円代まで持ち込み、結果、私は負けてしまいました。

「君と僕は同じ人間で、しかもこの店はお互い今日が初めてだ。条件は同じだよな? でも、答えは違う。なぜだかわかるか?」

「いいえ、わかりません」

「それはね、『集中力』の差だよ。交渉ごとの一番重要な要因は『集中力』。集中力なくして、相手と真剣勝負などできないだろう?」

「交渉は、いつも真剣勝負と思え」とKさんは身をもって実践してくれました。社会人になって三年ほど経った頃でしょうか、あるときKさんは私にこう言いました。

「君は、自分を『商品』だと思ったことあるか?」

「いいえ。私は『物』ではありませんから」

「そうか、じゃ、いまのいまから自分を『商品』だと思え。『商品』なら高く売りたいし、高く買われたいよな? 社内からでも、社外からでもね。そのためには、自分により多くの付加価値をつけるべきだよな? これから毎月、自分に投資をする意味で自分のためにお金を使ってみないか? 勉強する題材は自分で考えて。きっと後で生きてくると思うよ」

そう言われても、そのことが自分の描いた将来のビジョンとどう重なりどう作用するのか、そのときは実はあまりわかっていなかったのです。Kさんは、そうやって自分自身を「物」に見立て純粋に自己研鑽をせよとの寛容性のある激励を与えてくれていたのでした。Kさんからたくさん勉強をさせてもらい、大阪での七年間の武者修行を経て私は地元の町に転勤になりました。

商売の三大要素「人」「物」「金」

企業人になったからには是が非でも「一国一城の主」になりたいと思い続けていた私は、

そのことを常に意識をしていたのですが、悲しいかな、それを具現化する方法論がまだ漠然としかわかっていなかったのです。しかしながら、Kさんと出会えて、そしてだんだんと年を重ねるたびに「夢の具現化」も白分の中で鮮明になって来つつありました。私はそれを実現する時期を五十歳と決めていました。五十歳を起点にと決め、そこから逆算して現在の一年、来年の一年という具合に「一年」を意識しました。就職をしたそのときから自分の夢に向かって走り出したのですが、何はともあれ資金を貯めなければと思いわずかながらでも蓄え始めていました。しかし、「人」「物」「金」商売の三大要素は、結局は自分を「商品化」することにより付加価値を自分に与えれば、その三つとも手中に納めることができるのではないかと考えるようになりました。私は発想を変え、また「夢」も少しばかり軌道修正を加えました。

非常に不可解で、非常に僭越な話に聞こえるかもしれませんが、私は「一国一城の主」から「十城の主」になることを決心したのでした。つまり、「十社」会社を経営することを決めたのです。「人」は、人脈。それもできるだけ多く、幅広い専門分野に及ぶこと。「物」は、専門性のある知識や技術。そしてそれらを身にまとい、自分自身の武器として闘うこと。「金」は、商品化された自分の「一切」をより高く買ってもらうこと。三大要素をそう定義づけした私は自分の夢を実現するために、それらの三つの要素すべてを得なければなりませんでした。ひるがえって考えてみると、その条件を満たすには「信頼」「信念」そして「勇気」の三つの条件がとても重要で、そして不可欠なことでした。この三つの条件なくして三大要素を手中に納めることなどできはしないことは自明の理でした。地元で勤務するようになってからも、Ｋさんからいつも、

「君は僕の弟なのだから、何か困ったことがあればなんでも言ってくれ。とりわけ、もしも人脈が必要なときは絶対に言ってくれよ。東南アジアの国はすべてだし、中近東、ヨーロッパ、特にスペイン、フランス、イタリアはね。各国に僕の仲間たちがいるから僕の弟からのお願いだと言えば、すぐにでも皆が動いてくれるからな」

韓国、中国、フィリピン、イラン、アラブ首長国連邦と長年にわたり各地で駐在をしていた折にかけがえのないほどの人脈を築き上げてきたのでしょう。そんな「宝」にも匹敵するほどの大事な人脈を気軽に「使ってもよいよ」と言ってもらえることに心から感謝の気持ちでいっぱいになり、同時にＫさんの寛容性に敬服していました。私はかつて、そんな「一国十城」の自分の夢を友だちと上司の二人に一度だけ語ったことがありました。そのとき、くしくも二人は同じ返答をしてきました。

「あのな、『二兎追うものは、一兎をも得ず』って言うだろう？　会社を設立したら一社の経営でさえも苦しくて、決して甘くはないのに、それを十社だなんてお前正気か？　そんな

ことできるはずがないだろう？　そんなに欲張ったって結局はどっちつかずになるだけじゃないの？　やめとけ、やめとけ！」

「それは二兎を一人で追った場合でしょ？　それは、あくまでも正攻法で攻めたときだけの理屈だし、戒めでしょ？　二兎は一人じゃなくて二人で追えばよいし、一人で追うのであれば、三兎追えば一兎は得られるかもしれないでしょ？　一兎を得るというのが最終の目標なら、四兎でも五兎でも複数の何人かで追えば一兎は得られるかもしれないでしょ？　要は、発想を変えてみれば、また違った見方もできるってことですよね？」

しかしながら、二人からは軽く一笑に付されました。

動き始めた一つ目の会社

「五十歳を起点に」といままで描いてきた自分のビジョンを実現するために助走を続けてきた私は四十四歳で仲間四人と最初の会社を起こしました。繊維関係の仕事で、日本から中国の山東省まで繊維原料を送り込み現地で縫製加工した後、再び加工されて完成した衣料品を日本に輸入する委託加工貿易に関するもので、輸入の際に発生する輸入税の免除に関する事務と国内の販売網をつくるのが主な仕事になっていました。

そして、翌年にはまた別の仲間五人と中古建設機械の輸入、輸出および国内販売に関わる会社を設立しました。代表は、エリアの中古建設機械の相場を決め得る「査定士」の資格者にもなっている私の友人になってもらいました。日本経済もバブルが崩壊して五年ほど経った頃でしたから、新品の建設機械が次から次に売れるような時代ではなくなっており、裏腹に中古の建設機械に人気が集中し出していた頃でもありました。また、東南アジアのマーケットも、折しも完成すれば世界一になる中国最大の川、長江の山峡ダムの建設に数多くの国が関わっており、東南アジアはもとより中近東をも含む巨大建設機械マーケットからダンプカー、ショベルカー、ブルドーザー、そのほかあらゆる建設機械がそのおびただしい需要に応えるべく各国で必死の商売が続いている最中のことでした。この仕事も私の本業のかたわらでの部分でしたので、日曜日を利用しては私は査定士の彼と、またほかのメンバーはメンバーで建設機械を在庫している所へ現物を確認しに行き、資料関係を全部揃えて海外の顧客へオファーし商談をして商売としていました。在庫している現地が海外の場合は、その出張の時間をつくるのがまた大変で、会社がある程度の軌道に乗るまではけっこうハードな日々が続いていました。

国内の会社とは別に、その翌年、私とこの商売への出資を申し出てくれた私の友人で、すでに鉄鋼関係の会社社長をしていた彼と二人でいよいよ海外にも拠点を構えるべく、中国の山東省・青島で最初の事務所を開設しました。資本金は日本円で六百万円程度の規模のものでした。しかしながら、その時点では私たち自らがまだ現地で直接起動する状況ではなかったので、私たちの先発として友人のA氏をその一年ほど前に現地に先乗りをさせていました。現場が日本から遠く離れた中国ということもあり、福建省の私の別の友人にもお願いし、現地の商習慣などさまざまな範囲に及ぶ基本的に知識として持っていなければならない事柄などの調査を依頼しており、時にはA氏と二人して市場調査のために現場を訪問するなどの依頼をしていました。福建省の友人から先発隊の彼にいろいろご教示願い、また連絡を密にするとともに、一方で私たちは日本でそれらの報告を受けながら現地のA氏にいろいろな指示を出していました。そのA氏も他社に勤務しながらではあったのですが、私たちの会社の場所探しや事務所の賃貸料の取り決め、法人登記など山東省の役所関係まで先発隊としての機能を十分に果たし、ある程度の素地ができたところでいよいよ私たちが現地に出向くことになったのでした。

二月のとても寒い日、上海空港に降り立った私たちは先乗りの彼が雇った二人の中国人を紹介されました。二人とも三十二、三歳くらいの男性で、以前はおのおの日本の食品関係と機械関係のメーカーで就労の経験があるらしく日本語は二人とも話ができるうえに英語も少しは喋れました。二人のうちの一人を現地の代表にすべく、この出張は実はこの二人の人物との面接も大事な仕事になっていたのです。取り扱う品目は主に食品でした。それも海産物全般に及ぶもので、特に福建省と山東省が彼らの得意なエリアになっていました。また、現地の仲間三人とは別に、すでに広州、上海、青島などで活躍をされていた日本の食品関係の皆さんと交流を持つことにより、まだ細くて不安定なパイプながらも商売の出足としては幸先のよい順調な滑り出しをしていました。上海、青島、済南と一分の時間を惜しんで私たちは次の商材は何がいいのか、いまこの土地でどんな商品に需要があるのか、どのような商材を日本へ安定的に供給できるのかを意識しながら視察していました。そして、そのヒントになるものに出会うとその場で日本の役所や関係先に確認を取りながらそれらの商材について吟味していました。その品目は、食品全般は言うに及ばず、すでに先んじて会社を設立していた繊維関係、建設機械関係などかなりの広範囲に渡るものでした。現地から輸入されてきた商品は、食品の場合はその性格に応じて国内販売のできる食品の専門家が担当として当たっていました。

韓国、台湾と続く起業

さらにその翌年、十数年来の得意先でもあり、また友人でもあったB氏と私の韓国の友人たちと韓国の首都ソウルで道路に引かれている白線の原料製造と線引きを施行する会社を立ち上げました。すでに日本で道路保全関係の会社経営をしていた社長のB氏とはかねてから東南アジア諸国の道路状況の悪さについて、しかも各国がさらなる自動車社会化する中で、道路に引かれた白線の悪状況による交通事故、また、道標の不適格さなどによる事故での死傷者の増加が顕著になっている現状について危惧しているといった旨の話をよくしていました。

その状況は韓国も同様で、人口が約四、七〇〇〇万人の国の年間の自動車事故による死亡者は約九、〇〇〇人にも上っており、その忌まわしい現状は国内での大きな社会問題の一つになっていました。日本の道路白線の水準は世界のトップレベルにありました。世界の最高水準はアメリカ合衆国のNASA（米航空宇宙局）関係に施工されているもので、日本もそれに近い水準を誇っていました。夜間走行していると自動車のヘッドライトに照らし出された白線が闇夜の中から目の前にクッキリと浮かび上がり、そしてドライバーを正しい方向へ躊踏させることなく導いてくれる、そんな光る白線。しかも施工後は、ものの三十秒もしないうちに乾いてしまうほどの即乾性を持ち、施工後すぐに車両通行が可能になってしまう白線。風雨、風雪にさらされながら、またタイヤによる研磨にも耐え、少なくても一年半はその品質を保持し続けなければならない。しかしながら、また逆に高品質過ぎて、それ以上長期間、品質を保持し続けると再施工の案件として発生しない。つまり、商売として成立しにくい。その微妙なバランスを、石灰をベースにしたほかの副資材との調合で（主にチタニウム、ガラスビーズ）品質保持期間を設定するというきわめてデリケートな技術が日本の一つの大きなノウハウになっていました。

何をさておいても私たちは早急に現地を視察する必要がありました。十一月の下旬、私と社長のB氏は連れ立ってソウルの金浦国際空港に降り立ちました。出国手続きをしようとイミグレーションに近づくと二人連れの男性が私たちの前にあらわれました。

「池ノ上さんですか?」

「あ、はい。どちらさまでしょうか?」

二人は私と私の友人である李氏が写っている写真を見せてくれました。それは間違いなく私たちの写真でした。

「私たちはこういう者でございます」

二人は名刺入れから名刺を取り出し、私たちに差し出しました。

「ＫＣＩＡ？　韓国中央情報局？　ですか？　どなたも存じ上げておりませんが。何かお間違いになっていませんか？」

「李氏からわがほうの局長に連絡があり、お二人を空港でお迎えするようにとの指令です」

そう言われ、私たちは混雑するイミグレーションを横目に見ながら彼らとスタッフ通用門を通り到着ロビーまで案内されました。先ほど彼らに渡したパスポートにはいつのまにかしっかりと入国スタンプが押されていました。それ以来、この案件に関して数回訪韓することになるのですが、空港ではその都度同じことが繰り返されました。

事故が起こって当たり前の道路

空港から真北に北朝鮮との国境三十八度線の少し手前の現場まで、私たちは対向車線も含めて意識的に道路の白線や理解できる範囲の道標を注意深く観察しました。片側四車線の道路に引かれた白線は、その本来の役目を失っている部分がほとんどでそれぞれの車両は勝手に車線変更をして、いわゆる日本の管理された走行状況とは雲泥の差が感じられました。

「これじゃ、事故が起こって当たり前だね」

社長のＢ氏は、ポツリと言いました。現場に到着して、さっそく施工業者の設備や現行の原材料などを拝見させてもらい何点かの問題点を列挙し双方の解決事案としました。気がつくと日本の空港を出発するときに十七度あった気温も国境近くのこの町に到着したときには強い横風の中に粉雪が混じり、それでもしばらくは体の温もりも持続していたのですが、凍てつく寒さが少しずつジャケットを貫通し体の中に浸透してきていました。そんな状況の中、こうして私たちの韓国での道路白線ビジネスがスタートしたのでした。

しかしながら、どうしても施工に必要なわれわれが思っているような機械であるところの攪拌機が、残念ながらその当時の韓国にはなく日本から輸入をする必要が出てきたのでした。当時韓国では、日本からの機械輸入は制限されており、したがって韓国国内で新たに製作するしか方法がありませんでした。そこで、友人である李氏のグループの一員で工学院大学の教授でもある金氏を、日本でその機械が稼動している現場を見てもらうために日本に出張させることになりました。そして、私たちの第一回目の訪韓から一カ月ほどして、大学の教授を含む道路の保全関係全般にわたる会社の経営者や技術者、作業関係者七、八人が訪日してきました。現行の日本の作業状況を確認したり、原料製造の過程を視察したりと一通りの研修を終えた後彼らは帰国しましたが、ただ教授の金氏だけは攪拌機を本国で製作するため、さらに二日間の滞在を決めました。そして翌日、私たちは機械の設置されている工場に向かいました。工場に到着するや金氏は写真を撮ったりデッサンを始めたり慌しく機械の周りを回り、そしてでき上がった資料を持って帰国しました。

それから二カ月ほどして韓国内でのビジネスの進捗状況をチェックしてほしい旨の連絡があり、私と社長のB氏は再び訪韓をすることになりました。教授が訪日の際、写真を撮ったり、デッサンをしたりしていた撹拌機もすでに業者に発注済で、私たちの訪韓の日程に合わせ納入されるとのことでした。納入された機械を見て、私たちはそのあまりの出来栄えにただただ驚いていました。さらに、その機械から製造された原料を使用して、当日は白線施工のデモンストレーションまで行いました。そのとき私たちが日本から持ち込んだ二枚のステンレス・プレートに施された白線のサンプルと比較しても、技術的にはなんら遜色のないレベルまで仕上がっていました。

私たちのグループは限定的ながらソウル市内の高速道路のみに関して白線施工の権利をすでに取得していました。友人の李氏は国内でも相当の人脈があるらしく、ソウル市内から東の方角に高速道路を利用して約四十分ほどの場所に、すでに私たちの工場用にと倉庫を借りていました。翌日、その現場を視察に行くと、九〇〇平米くらいの倉庫内はチリ一つ落ちてなく、すでにきれいに整頓されていました。機械などの設置場所を決めたフローチャートに基づき大体の位置決めをし、また原料となる石灰は他社と同じようにより安価な中国から輸入すること、ガラスビーズは日本仕様のグレードまで到達していないのでとりあえずは日本から輸入することなど現実的な稼動に向けた詳細の打ち合わせをして私たちは離韓しました。そして、翌月には関係資材、機械などが搬入され出し、いよいよ韓国で白線の製造が開始されました。

台湾でのビジネス

韓国国内のビジネスの形ができ上がろうとしていた時期とほとんど並行する形で、私と社長のB氏は私の二十年来の得意先でもあり、また友人でもあるY氏も交え台湾でも同じ展開をしようとすでに協議に入っていました。

もともとY氏は台湾の人で、医者である父君を亡くし母親の郷里である日本に帰ってきたのでした。私がY氏と出会ったのはいまから二十年ほど前のことで、その当時彼はまだ台湾から日本に帰化したばかりでした。そして、日本で鉄鋼関連の会社を経営していました。社業の中で一部貿易の業務をしており、その関係で彼とのおつき合いが始まったのですが、私より五歳年下の彼は、いつの頃からか私を「兄」と慕ってくれるようになっていました。彼らが日本に帰化しまだまだ日本になじめない頃から、よくお酒を飲みに行ったりカラオケに行ったり私の家で騒いだり、仕事でも遊びでもとてもよい関係にありました。

私たちは韓国のときと同様何はともあれ台湾の道路状況を見るために、社長のB氏、それとY氏ご夫妻の四人で台北に飛びました。空港に到着しイミグレーションに進んでいくと韓国の金浦国際空港のときと同じように私たちのほうに二人の男性が近寄ってきました。Y氏ご夫妻に用事があったのか、二人の男性はご夫妻と何やら話しをすると、

「さあさあ、あなたたちもパスポートをお渡しください。お預かりいたします」

Y氏の顔を見ると、

「義父の関係の政府の方だから問題ないですよ。イミグレーションは彼らがしますから」

「ん？　どういうこと？」

「空港に私たちを迎えに来ることができるかどうか義父から最終の連絡をもらってなかったから黙っていたのですが、都合がついたみたいで…。車も用意してくれているみたいですよ」

そういえば以前、彼が私に奥様の父君は台湾・国民党の現役の国会議員をしていると言っていたのを思い出しました。到着ロビーから出ると大きな黒塗りの高級外車が私たちを待っていました。空港のある桃園から台北市内まで台湾の玄関道路となる高速道路は比較的道路状況もよく、また走行している車両も東南アジアのどこの国でも見受けられる野放図的なハイスピードの車両もそんなに多くはなく、意外と管理されたものでした。奥様の兄上が経営されている建設・不動産会社を通じて、私たちは台北、台中、そして台湾南部の都市で台湾

第二の工業都市である高雄まで、距離にして約三五〇キロ、台湾の主要幹線道路を車で走ってみる計画を立ててもらっていました。台湾第三の都市である台中にはチタニウムの鉱山があり、すでにその関係会社と連絡が取れていてチタン鉱石の採掘現場の見学も可能になっていました。チタニウムは道路白線にとって、その品質を保持する（白線が白くあり続けるための変質防止用）意味で不可欠な素材になっていました。何十種類にも分類された中から数種類を選び日本に持ち帰り、現行使用しているものより価格も含めてより最適なチタニウムをチェックすることにしました。

当時、台湾国内の既存の原料メーカーは主原料の石灰のほとんどを台湾の東北部の都市・台東から仕入れていました。今回は私たちは台東まで足は延ばしませんでしたが、チェックの意味も込め、併せ、大体の価格も知るため、メーカーにお願いをして三種類の石灰を日本に送ってもらうことにしました。

台湾の道路は一般道も高速道路も比較的に白線自体の白色が淡く、また塗料の厚みも薄く退色感を感じざるを得ませんでした。したがって、私たちの目にはどうしても毎日日本で見ているような強烈な「白線」のインパクトが伝わってきませんでした。施工当初から、恐らく原材料に何かの素材が不足しているため淡白な白線になってしまっているのでしょうか。しかし、それでも台北の市内はまだいくぶん白線もしっかりと引かれていたのですが、市街地から遠ざかれば遠ざかるほど白線はさらに退色感を帯びてきていました。そして、ついには片側三車線、四車線の道路も通行車両は入り乱れ、ある種「冒険的」とさえ思われるような運転にしか私たちには映りませんでした。

台湾第二の工業都市・高雄に到着するや私たちは台湾でのわれわれの製造工場となるかもしれない場所に案内されました。今回訪台するに先立ってY氏の奥様の兄君が彼の本社があるこの高雄で、われわれが提示している条件が合う物件を確保してくれていました。それは、市街地の外れに位置していて、ほぼ韓国の工場と同じくらいの敷地で建屋も比較的新しい倉庫でした。物件を確認した私たちはその場で賃貸契約をしてもらうよう兄君にお願いをしました。翌日、われわれの製品を実際に使用してもらう施工業者の会社を訪問しました。日本を出発するとき、韓国の場合と同様にサンプルとしてステンレスシートに白線のチャンピオンレーンを塗布して持ち込んでいました。業者の方たちに見てもらい、われわれが目指す白線の水準を確認してもらいました。当地の白線業界には際立った技術革新の波は訪れていなく、現行の水準も実は二十年ほど前に同行のB氏とそのグループが開発し施工したそのままの水準でした。B氏によると、その当時のグループのメンバーたちは訳があって、その後マレーシアに移住してしまったらしく白線はその当時の水準のまま今日に至っていたのでした。そのいきさつを業者の方に言うと、彼らはその話にいたく感激をし「喜んで協力させてもらいます」と快諾を得ることができました。Y氏の兄君の政治的な配慮もあったのでしょう、台湾での第一段階の作業は滞りなく進み私たちは離台しました。日本ではすでに台湾に搬入すべく機械類が整えられていました。数日後、兄君より工場の名義変更が完了したのを受け、機械類を高雄向けに発送しました。

スピードを上げて近づいた夢

実はその頃、私にとって第六番目の会社設立の話も白線の商売と並行して行っていたのでした。

地方でも大手のスーパーマーケットで、海外からの輸入全般を取り仕切っている私の友人でもある国際部の部長に、それらの店舗販売品にかかる輸入・物流業務全般をさせてもらえるようお願いをしていました。貨物の積出港は中国・山東省の青島と上海で食料品と雑貨類が主力製品でした。月間の取扱トン数は約三、〇〇〇㎥にも及び、コンテナ本数に換算すると約二〇〇本にも上っていました。すでに国際貨物の取扱免許を取得し、営業をしていた私の友人たちとジョイントして、新たに物流会社を設立する計画を立てていました。

そしてほかにも、これもまだ実際には会社設立というところまでは進展していなかったのですが、その目的のために何度かフィリピンに市場調査に出かけていました。私にとっては第七番目の会社になる予定でした。日本で定年退職を迎えられた方たちがリタイアビザを取得し何年間かを期間限定で短期海外移住生活を体験される方たちが増えていましたから、そのリゾートゾーンを提供するビジネスをすでに日本で不動産会社を経営していた私の友人と共に始めようとしていました。そしてその相手国を私たちはフィリピン・セブ島に絞り込んでいました。出資者から五、〇〇〇万円の出資を受けていましたから、既存のコンドミニアムを買い取り改修すればよいのか、あるいは一戸建てを何棟か買い取るのがよいのか、具体的にどのような物件がどのくらいの価格なのか、ロケーションはどうなのかなど、さまざまなマーケットリサーチを必要としていました。私のフィリピンの友人が現地ですでにリサーチを開始していましたから、基本的な調査は彼が全部済ませていました。当然、彼には現地のハード面の管理会社になってもらい、私たちは国内でソフト面の運営をする予定でした。日本人限定のリゾートゾーンですから、料金関係はすべて日本国内で取り扱うことにしていました。現地の管理会社は友人の現行の会社で運営してもらい、安い労賃で使用人も雇えるので、彼らの管理も含む管理会社ということにしていました。

銀河集団

こうして私は、まだ計画中のものやすでに設立したものも含め八つの会社設立に関わっていました。それは同時に、私が信頼する八人の「職のプロフェッショナルたち」とのかかわりでもありました。

「人」「物」「金」の三大要素のうち、「人」はできるかぎりさまざまな幅広い専門的な分野から信頼を得ること、そしてまた私も彼らを信頼できるようなそんな人間関係を構築することに専念してきた結果のことでした。「物」は専門性のある知識や技術だと意識し、日々自分の仕事に取り組んできました。それらの意識もまた、「人」と関わるときになくてはならない必須条件でもありました。「金」はまだ私が自分の夢を具現化するためには「付加価値が付いてこその自分」が取りも直さず「金」の部分に通じるにちがいないと確信していた頃より、さらにその存在が身近に見えてきていました。「物」である自分の付加価値を専門性のある知識や技術だと意識しながら、そして、幅広い専門的な分野のプロたちと信頼関係を構築している自分であること、つまりはそれらを含んだすべてが私自身の「付加価値」なのだと気づきました。

そんな人間関係の中で、こんな軽少非才な私でも何がしでも出資してもかまわないというお二方と出会ったのでした。九州と大阪にそれぞれ在住の方々で、お二人とも会社の経営者で私の長年の得意先でもあり、また、友人でもありました。そして、私に対してその出資の許容額は数億円にも達していました。

二十代の若かりし頃、Kさんから直球以外は投げるなと、そして余力があるならたまに快速球を投げろと教えられ、できるかぎりそれを実行してきました。三十代では直球をベースにした変化球を覚えました。何事にも基本的には真っ向勝負なのですが、場合によっては人を介してみたり、使う言葉を変えたり、屁理屈の並べ方を勉強したり、あの手この手と策を弄したりと多岐にわたる方法論で対処してきました。四十代で、商売の三大要素である「人」「物」「金」について「信頼」「信念」、そして「勇気」をより強く意識し、その結果、私を取り巻く環境もだんだんと変化していくのが感じられるようになってきていました。そしてそれらは、やがて形となって見え始めてくるようになりました。

「信頼」「信念」、そして「勇気」に賛同する大勢の方が集まり始めていました。そして彼らは彼ら独自で持っている「世界」までも一緒に連れてやってきました。その「世界」という言葉の多くは「情報」という形であらわれ、さらにその「情報」がまた人を呼び、やがては「ネットワーク」となって広がりを見せました。そして、「信頼」「信念」「勇気」のほかに「情熱」という部分を排除しては何事も成り得るものではないということも確実にわかってきました。私たちは私たちのグループを「銀河集団」と位置づけをしていました。一人ひとりおのおのがプロの部分で少しでも光を発し続けなければ、決して銀河として成立するものではありません。私は、私自身を十一番目の仲間としてセットし、十社の統括的な存在として関係する会社をプロデュースする経営コンサルティングの会社を設立するつもりでいました。

そして、そんな仲間たちと共に声を出し「笑う」ことを夢見ていました。

第・六章

辿り着いた最後の病院

おうちに帰りましょうよ

転院しなければならない時期が刻々と迫っていた頃、妻と叔母夫婦が次の転院先の候補となる二つの病院を探してくれていました。そのいずれの病院も名前さえ知らない病院で、私たちではとても判断できずOTさんに相談しました。するとOTさんは、

「そのうちの一つの病院ですが、何より院長先生が立派な方と聞いています。そのリハビリ病院を私としては推薦しますねぇ」

何もわからないまま、その件はOTさんによろしくお願いすることにしました。翌日作業療法室で、OTさんは私たちの転院先の件で切り出してくれました。

「先方で協議した結果、会ってくださるそうですよ。転院できるかどうかはそれからになると思いますが…」

OTさんからそう言われた私たちは、こんなに重症過ぎる患者はたぶん入院許可など下りないだろうと半信半疑でそのことを聞いていました。また、いままでに経験した中で、リハビリの世界に対して相当に「鬱積した思い」と「不信感」も手伝って私たち二人はとても重い気持ちになっていました。

事故の翌年の十月の半ばのことでした。指定された時間に私と妻は介護タクシーで病院まで行き、少し薄暗い待合室で待っていました。しばらく待っていると受診室へ呼ばれ、そこで初めて院長先生とお会いすることになりました。カルテをじっと見ていた院長先生が、

「これまでをみると名立たる立派な病院ばかりでリハビリされたのですね？　現在は、どのようなことができるのですか？」

「食事はセットしていただければ自分で摂ることはできますし、文字だって書いたことがあります」

私はなんとか入院ができることを願って、また少しでも病院側の手を煩わせないですむほうがよいだろうと思い、本当はそんなに完璧でもないのに見栄を張ってそう言いました。院長先生は続けて、

「もうこれ以上病院を転々とするのはやめにして、ここでその次の段階となる『実生活』をも含めたリハビリをやってみましょうよ。私たちでよろしければ協力させていただきますよ。それからおうちに帰りましょうよ。ＰＴもＯＴも最高のスタッフを担当にしましょう」

受傷後、四カ所の病院を入退院し、どの病院でも厳しくて重苦しい絶望的な言葉ばかりを「これでもか」とばかり浴びせられてきた私たちにとって院長先生の温かい言葉は身に余る思いでした。そんなに理性をなくす人ではないのに、また院長先生とは初対面だというのに

もかかわらず、院長先生の温かい言葉に私のかたわらで妻は嗚咽していました。私は妻の心の負担の大きさと重さを痛いほど感じていました。

院長先生の口から初めて「実生活」という言葉を聞いた私たちは、先の病院で感じていた、私は「リハビリ難民」になってしまったのではないかという思いに対し何か暗示的なものを感じていました。障害という世界で、またリハビリという世界で私は自分自身を完全に見失い、何事をも真正面からとらえ切れず、八方ふさがりの迷路のその只中にいました。どの病院でも入院をするや否や言われた、「三カ月後の転院先を」の言葉が優先してしまい、自分がどの方向を向いていなければならないのか、またどんな陸地に上陸できるのか、そこには何が私を待っているのか、私の将来の生活は長年住み慣れたわが家で送ることなどできるようになるのだろうか、どこかの障害者施設で自分の一生を終えてしまうということなのだろうか、それともそれよりもっともっと厳しい私の想像をはるかに超えてしまう範疇で現実が展開されようとしているのだろうか。私はそれらの事柄の焦点を絞り込むことができなくなり、絶望と混乱で思考回路は壊滅的な状況に陥っていました。

初めて感じるリハビリへの期待

精神と肉体、その両方の居所が極度の不安定さを感じている状況の中で院長先生から言われた、しかも初めて聞く「実生活」という言葉を耳にし、私も妻もうれしくてなりませんでした。少なくとも自分の肉体的な部分で、毎日行っているリハビリの、つひとつのプログラムがどんな具体性に向かって行われようとしているのかさえイメージできずにいた私を漠然とながら導いてもらえたように思えました。いつも私の心の片隅にわだかまっていた「たとえリハビリをしたって、こんな不自由な体で果たして実生活などできるようになるのだろうか？」という疑心暗鬼の思いは私の口から誰かに向かって発信するのではなく、私自身が誰にも言えずにいつも自分に問いかけていることでした。何ひとつ整理できていない私の頭の中で、その質問の解答が私はそれが本当に欲しいのかどうなのかさえわからなくなっていました。

病院に帰ってきた私たちは、夜、その日の朝からの出来事を妻と二人で語らいながら院長先生からかけてもらった言葉を思い出し、そして、その言葉のおかげで私たち夫婦の気持ちがずいぶんとやわらいだものになっているのを確認し合いました。

翌日、ＯＴさんから昨日のリハビリ病院での面談の結果、入院許可をいただけたという旨の話を聞き、慌しく三カ月半に及ぶ入院生活を送った病院を後にしました。

その年の十月十六日、やわらかな秋の日差しの中、お昼前に私たちは私たちにとって最後のリハビリ病院になるかもしれない五カ所目のリハビリ病院に到着しました。前の病院のＯ

Tさんから聞いたとおり建物は少し年数が経過していると思われる病院ながら、私たちは新館の病棟の一室に案内されました。部屋に入ると、その部屋は六人部屋でもうすでに五名の患者さんが入室していました。病室で昼食を済ませ妻とベッドサイドで喋っているとリハビリの時間になったのでしょうか、私の隣の患者さんを女性のリハビリのスタッフが迎えに来ました。

「さあ、XXさん、リハビリの時間になりましたよ。さあ行きましょう！」

するると、その患者さんはどうしたのか、

「わしは、今日は行かん！」

「どこか体調が悪いのですか？」

「いや、今日はちょっと体が重くて…、だから今日は行かん！」

「看護師さんを呼びましょうか？」

「いや、そこまでしなくていい！」

「じゃあ、そんなこと言わずに、さあ、一緒に行きましょう！」

「行かんと言ったら、行かん！」

とうとうその患者さんは怒り出してしまいました。「行く」「行かない」と、いままでのどの病院でも幾度となく見られた光景でした。患者さんがそう言い出すとリハビリのスタッフ

も心得たもので、

「じゃあ、看護師さんにそう言っておきますからね。お大事に！」

そう言い残してその場から離れるのがいままで経過した病院の常でした。この病院のこの光景も恐らくそうなるだろうと思って二人で見ていると、そのリハビリのスタッフは続けて、

「ところでXXさん、今日のお昼ごはんは何を食べたのですか？　ちょっと教えてくださいよ」

「…魚の煮物とほうれん草の茹でたヤツと味噌汁…」

「その中で一番おいしかったのは何ですか？」

「…、魚」

そのスタッフは患者さんとのやりとりに根負けするどころか話の方向を変え、患者さんの心が和むような話題に切り替え、いつのまにか患者さんと楽しそうに話し出していました。

その間約五、六分くらいだったでしょうか、そして、

「じゃ、XXさん、今日もまたリハビリでも行ってみますか？」

「うーん、…うん」

私たちは正直なところ、目の前で繰り広げられるこの光景にとても驚きました。

そして、これからここで始まろうとしている自分のリハビリを想像しながら、少しだけ期

待感を感じていました。

論理的でわかりやすい説明に納得

翌日、リハビリ室に案内されました。広いフロアの中で理学療法と作業療法のリハビリが行われており、当日も大勢の患者さんがトレーニングをされていました。さっそくＰＴさんと入院中のリハビリの目標レベルとか、退院後、実生活に必要になるであろう動きを想定したプログラムをつくることとか、また、そのプログラムは三週間単位で見直しをすることとか、リハビリに関してのいくつかの留意点を含めた話し合いをしました。もちろん、私が「歩き出す」ことを大前提にしてです。私はＰＴさんと話し合いをする中でＰＴさんがとても系統立った考え方をしてくれていることがわかり、そしてそのことが何より気に入りました。

続けて、ＰＴさんは私に、

「池ノ上さんは自分のリハビリを、また、自分の最終の姿などはどのようにイメージされていますか？」

そう聞かれた私は率直に思っていることを言いました。そして、前の病院でとても疑念だったことも併せて尋ねました。

「私はどんなことをしてでも歩きたい。そのためならどんなにつらい厳しいリハビリでも、決して絶対に音を上げたりはしません。ですから、よろしくお願いします。以前、入院をしていた病院で歩けるようになるためのリハビリをとスタッフの方にお願いしましたが、『筋力がないから歩けない』と言われました。『それなら、筋力がアップするリハビリをしてください』と言ったら、次は『筋力がアップすれば痙性も上がってしまうから、それは意味のないことだ』と言われ、結局歩行ができるようになるための訓練はありませんでした。どうしても私はそんな消極的な理屈に納得ができないのです」

私はいままで抱き続けた疑念というより、むしろ不満に近い思いをPTさんに言いました。

「たしかに言われるように、筋力が上がれば並行するかのように痙性も上がってきます。しかし、だからといって何もしない『無策』は最もやってはいけないことだと思います。歩くためには体のいろいろな個所の筋肉が必要となります。その筋肉がなければトレーニングをして鍛えるしかありません。結果、痙性も同時に上がってきたら、負けず、さらに体を鍛えましょうよ。痙性を怖がっていてもしかたのないことです。さりとて痙性に負けるわけにもいきません。最終的に、その方法が無理だとわかったそのときにそれをやめればよいのですから。やめるのなんてすぐできることなのですからね。筋肉と痙性のバランスなんて、誰もはっきりとはわからないことですから。とにかく、トライしてみましょうよ」

そう言ってくれたPTさんの熱情的な言葉と、結果的に最後まで答えてもらえなかった以前の病院のPTさんへの質問の答えをいまもらえたようで少しばかり溜飲の下がる思いがしました。昨日の院長先生の言葉といい今日のPTさんの言葉といい、私はうれしくてうれしくて、その正体を隠しながらわだかまっていた真っ黒な深い闇の世界から、一条の希望の光が射し込んでくるのを感じていました。

創意工夫のリハビリ

翌日からさっそくトレーニングが開始されました。マット上のROMエクササイズで関節の曲げ伸ばし、筋肉のストレッチを基本とし、さらに腹筋と背筋の筋力アップのためにPTさんが考案してくれたのは、治療用マットを二台並べ、並べられたその脚の部分にロープを結び、さらにそのロープも三十センチ間隔で結び目をつくってあるものでした。マット上に足を投げ出し上半身を四十五度くらいの角度で姿勢を保った私がPTさんの介助を受けながら結び目の一つひとつを引っ張り寄せ、だんだんと起き上がっていく方法で腹筋と背筋の両方を同時にトレーニングしようと意図したものでした。ほとんど泥人形化してしまっていた私の体はあまりにも重過ぎ、あまりにも曲がらなくなっていてロープの結び目のたった一つをたぐり寄せるのさえ並大抵の労力ではありませんでした。

三週間単位でリハビリの進捗状況をチェックしながら、さらにトレーニングは続行されました。二、三カ月経った頃、いよいよ歩行器で歩行訓練が開始されました。歩行器を握る私の手がずれないように弾性バンドで両手を固定し、後方からＰＴさんが私を安定させるために腰を支えてくれ、また私も必死に夢中で足を出しました。

「池ノ上さん、歩けてるよ、歩けてますよ！」

背後でＰＴさんが絶叫ともとれる声でそう叫んでいました。歩行距離、わずか四、五メートル。いつの日か歩行練習ができるようになったら、そのときこそは思いっきり胸を張り足を強く前に振り出して歩こうと、何度も何度も絶望的な日々の中でイメージ・トレーニングをしてきたにもかかわらず、いざ現実では歩く姿勢も私がイメージしたものとはほど遠いものでした。そして、その歩幅もまた悲しいくらいわずかなものでした。あまりにも長かったブランクのせいなのでしょうか、歩けた感激より何よりも、まず自分の足で歩けたことがにわかには信じられませんでした。そばで顔をクシャクシャにして喜んでくれているＰＴさんを見ても、自分が歩けたことに対する実感など感受性の一部が欠落してしまったのではないかと疑いたくなるほど感激がわいてきませんでした。それより私はむしろ、過去の病院で経験することのなかったＰＴさんの創意工夫が盛り込まれた独創的なトレーニング方法にとても驚いていました。そして、その都度、そのことに対する論理的な説明をしてもらえることも私にはとても納得がいくものでした。自分が歩けた現実より先に、入院してからの二、三カ月の間、一生懸命共にリハビリに取り組んでくれたPTさんの熱意に私は感動を覚えていました。以前入院していたリハビリ病院でつけ焼刃的な歩行訓練をしたときとは明らかに内容は違っていました。一年半にも及ぶ過去の入院生活を振り返ってリハビリ・スタッフの方たちと、これほど一体感を感じたことなど一度もありませんでした。そして、その日を境にさらに私はPTさんの独創性に富んだリハビリに何度も遭遇することになるのでした。

パソコンを打ってみる

OTの担当はPTさんより少し若い先生でした。PTさんと話し合った内容を私からも伝えました。どの病院の作業療法室にも置いてあるような器具がこの病院にも当然のように設置されていました。どんなリハビリになるのかとても興味を持って、そして少しばかりの期待もしました。一とおりの体の計測が終了するとOTさんは私に、

「問答無用に、私たちでできることは可能なかぎり協力させていただきますから一緒にがんばっていきましょう！　一緒にがんばれますか?」

「もちろんです。ギブアップなど決してあり得ませんから。お願いいたします」

それが私とＯＴさんの最初に交わした会話でした。ＯＴさんの積極的な姿勢は、その言葉の力強さと目の輝きで私に十分伝わっていました。そして、私もこれから開始されるリハビリに対して、さらに固い決意をしたことを自分に再確認していました。ＯＴさんはどの器具がどう私に合うのか、どう使えば最大の効果が望めるのか、根気よく試してくれました。そして、プログラムができ上がりました。腕の上げ下ろしの訓練として「滑車」、指で物をつかんで移動する訓練の「お手玉」、テーブル上でタオルを使って腕を左右に大きく振る訓練の「ワイピング」、上腕に筋肉をつけるための訓練で滑車を利用しながら一キログラムの「錘の引き上げ」などなどすべてが実生活で即座に必要な機能とされるものでした。ＯＴさんは私が八十パーセントの力でできる訓練をしっかりとクリアにし、そしてそれを私の「自信」にさせ、さらにそれを反復する指示を出してくれました。また、一方では一二〇パーセントの努力で渾身の力を出さなければ目標が達成できない「目的」を設定し私を叱咤激励してくれました。しかしここでも現実は言葉とは裏腹に、そのほとんどがとても重労働でＯＴさんから提案されたプログラムもほんのわずかずつしか消化できていませんでした。あまりに何もできない自分に時として自嘲的なうすら笑いさえ出てきていました。そんなある日、ＯＴさんが、

「パソコンを打ってみませんか？　手指訓練にもなりますし…」

「こんな体でパソコンなど打てるでしょうか？」

「どの指がどれだけ動くか、ちょっとやってみてください」

言われるままに指を動かしてみるとほんのわずかながらですが、右手・小指と左手・小指が動きました。パソコンのキーボードを叩く指の力が弱いため指がボードにタッチはできるのですが、なかなか思うように打つところまではいきません。するとＯＴさんはより力のない左手の小指にはめる鉄製の指サックをつくってくれ、さらにその指サックのキーボードに直接当たる部分に半分に割った大豆の片方をボンドでつけました。やってみると一文字一文字ではありますが、根気よくゆっくりと時間をかけるという頼りのない打ち方ながら、それでも一日に三行くらい打てるようになっていました。

病棟では、看護師さんのどなたもとてもやさしくて快適な病棟生活が送れていました。そんなある日病棟の休憩室にいると看護師さんが私を呼びに来ました。看護師さんについて廊下まで出ると四人の看護師さんが私を待っていました。

「お誕生日、おめでとうございま〜す」

差し出された紙包みを開けてみると、とてもきれいで少し厚手の紙に覆われたＣＤみたいなものが触る手に感じられました。

「真ん中の部分を指で押してみてください」

言われるままに真ん中を押すと、

「ハッピーバースデー・トゥーユー、ハッピバースデー・トゥーユー♪」

私の誕生日に彼女たち皆で歌ってくれているまったく予期していなかったバースデーソングのプレゼントでした。何十年も自分の誕生日なんて意識したこともなく、ましてや誕生日プレゼントなんてもらった記憶も数えるほどしかありませんでした。その日の鮮烈な記憶はいまだ忘れることなく私の胸に大切にしまってあります。そして、そのときの彼女たちとは、おかげさまで現在も親交を温めさせていただいています。

驚きの新築病院

入院当時から工事中だった新しい病院も完成し、入院した翌年の四月の初めに、私たち患者はすべて新病院に移転することになりました。新築の病院で入院生活が送れるというのも一生のうちでそうできる経験ではないだろうと巡ってきたその幸運を素直に喜びました。真新しい病棟に一歩足を踏み入れた瞬間、そして真新しい病室に入った瞬間、私はいままでに見たことのない斬新な部屋の設計に驚きました。それはあたかもホテルの一室を思わせるものでした。

思えば、過去、入退院を繰り返した病院で日曜日の誰もいない外来の待合室の片隅で患者さんは家族の方々と肩を寄せ合って泣き、またある病院では夜になるとベッドの上でむせび泣く患者さんの声を聞き、あるときは人目もはばからずリハビリ室で泣いていた多くの患者さんたちのことを私はいま思い出していました。そして、もし同じような患者さんがこの病院にもおられたとしたら、この病室ならそんなにも人目を気にせずとも泣けるかもしれないと少しばかり心が救われる思いがしていました。

入院して以来、PT・OT・病棟とそれぞれに過去に経験をしなかったいくつもの「驚き」に私は遭遇していました。その「驚き」の中で、さらに「院長回診」というのが加わりました。同じように以前のすべての病院でもそれはありました。

ただ、以前の病院では、院長回診当日の午前中に院内放送で午後からの回診時間を伝えるのですが、いざその時間になるといつも六人部屋の患者はまったく動けない私ともう一人の方を除いていつのまにか誰もいなくなっていました。二、三人で回診する先生方の診てくれる時間もほんの十秒ほどでそのことの本来の意味さえ理解しかねるものでした。次の病院も、また次の病院も、内容的にはほとんど同じでいつしか私は、

「あ〜、院長回診ってこんなものなのだ」と、思い込んでしまっていました。

しかし、ここでの院長回診は少しばかり様子が違っていました。院長先生をはじめリハビリのスタッフ、看護師さんなど大勢の方を伴っての回診でした。最初はその人数に驚いたのですが、何よりもその内容に驚いてしまいました。院長先生とリハビリのスタッフ、看護師

さんの一問一答はまさに真剣勝負そのものでした。そのことは取りも直さず、私たち患者についての話し合いであったのは言うまでもありません。視点は患者の先週くらいまでの過去と今現在と近い将来と在宅になってからの実生活までをどのようなビジョンを描き、そしてリハビリをどのように連動させていくかについてが概要だったように思います。じっとそばで聞いていると私たち自身のことであるにもかかわらず客観性のない私たち患者ではなかなか描きにくい自身の将来像であり、プロである先生方の話は私たち患者の「考え方」としての方向性を示唆してくれているように思え、とてもありがたく感じていました。そして、私は自分の思惑との「ズレ」の部分を後日ＰＴ・ＯＴのスタッフに尋ね、話し合い、そして自分の軌道修正をしていました。週に一度の院長回診で、私はいま置かれている自分の「現在」と「近い将来」を認識しようとしていました。

私の歩行訓練もスタッフの独創的なリハビリのおかげで、その成果も少しずつですが、日を追うごとにあらわれ始めていました。しかし、歩行訓練中も訓練後もやはり筋緊張による痙性はひどく、そのことはずっと私を相当に悩ませていました。私のリハビリは取りも直さず、筋緊張からくる痙性との戦いでもありました。前の病院で主治医の先生から筋弛緩剤は一日に九錠までは服用してよろしいと言われていたのですが、なんとか六錠までに押さえて訓練に臨んでいました。毎日、歩行訓練が終わると必ず筋緊張をほぐすために電動自転車みたいな「セラライブ」というリラクゼーションの機械のお世話になっていました。また、その時間帯は私にとって束の間の休息の時間でもありました。

時期はいつのまにか梅雨にさしかかり「セラライブ」にかかりながら窓越しに外を見ると、いつのまにか雨粒が落ちてきていました。この時期の雨はいったん降り出すとまるで溜まりに溜まっていたものを一気に吐き出すかのようで、加速のついた大粒の雨が地面を休みなく叩き大きな飛沫をまき散らしていました。

複視の手術

複視になっていた私の右眼はあいかわらずで、毎日眼帯を取り替える日常が続いていました。大きく内側を向いた私の右眼の瞳は、眼帯をせずにモノを見ているとなかなか焦点が定まらず、ものの五分もしないうちに疲れてしまい、やがて、めまいが襲ってくるのでした。歩行器で二、三十メートルくらい歩け出した頃、遠近感が感じにくくとてもバランスの悪い状況に私はもうこれ以上の我慢ができなくなっていました。専門医に診てもらい手術可能であれば手術を、もし不可能であるのなら、いっそ右眼を除去し義眼のほうがまだしのぎやすいかもしれないとそう思い始めていました。それから間もなくして、決心ができた私は同じ市内にある総合病院の眼科を訪れました。

三十過ぎくらいのまだ若い女医さんが担当で診てくれました。受傷から今日に至る経過と、そして私の決心について先生に話しました。

「手術ができないわけではありませんが、いずれにしても、半年間ほど時間をください。その間、より多くの検査をして数値を出しましょう。月に一度、必ず受診してくださいね」

受診室の奥の部屋に案内され、いままでに見たことのない器械群の中でいままでに経験したことのないたくさんの検査を受けました。赤い光線、緑色の点移動、部屋の照明を点けたり落としたり。障害を負っている私の体は、検眼士さんの要求になかなかたやすく応じることができず、また時間のかかるものでした。毎回毎回は同じ検査で、その都度数字を書き取り採用した数値の平均値を出すのでしょうか、検眼士さんがリストを作成していました。初診から六度目の検査が終了した時点で私は先生に尋ねました。

「いかがでしょうか？　手術可能でしょうか？　それとも除去手術でしょうか？　どちらでも私は大丈夫ですから」

「右眼の瞳が内側に二十三度、斜視になっています」

「手術は可能なのでしょうか？　可能だとしたら、その成功の確率とはどれくらいなのでしょうか？　また、どんな手術になるのでしょうか？」

「二十三度を限りなく0度にする手術なのですが、成功の確率は正直なところそれほど症例があるわけでなく、したがって一〇〇パーセントとは言い切れません。成功の確立は七、八十パーセントくらいと思っていてください。方法としては、瞳の両端の白い部分の右側をまず切開します。その奥に外直筋という筋肉がありますが、池ノ上さんの場合は瞳が内側に傾いているわけですから、伸び切った筋肉をカットして縫合します。左側はその逆の手術になるのですが、同じ理屈の手術です。合計で四カ所の切開です。麻酔は点眼液でやりましょう。所要時間は約二時間、奥の筋肉のときは麻酔は十分効かないかもしれないから、かなり痛いものになりますよ。よろしいですか？」

「もちろんです。それにいま、成功の確率は七、八十パーセントとおっしゃいましたが、仮に失敗のときは、つまり0度にならなかったら、すぐまた同じ手順で再手術は可能なのですか？」

「ダメージが大きすぎますから、一年とか一年半の後にということになるでしょうね」

決心した以上、期待感こそあれ恐怖感もそのほかの不安感もまったくなく当日を迎えました。手術台に上がるとすぐ、右眼の部分だけが大きく繰り抜かれた緑色の厚手の布を顔にかぶせられました。目前には眩しすぎて何も見えないくらい明るい照明がありました。麻酔の点眼液がどんどん注入され、麻酔の効果を確認するためか先生がピンセットで私の目の白い部分を突いていました。手術前に先生が言われていたように奥の筋肉の切開時には痛くて痛くて、たぶん何百回も折れんばかりに歯を食いしばっていました。二時間三十分にも及ぶ手術が終わり、手術室から出てきた私は何も喋れないほど疲れ切っていました。先生から、

「翌朝、十時に眼帯を取りますから、そのときにまた」

と言われ、会話もできないほど憔悴しきった体でそのままリハビリ病院に帰りました。翌朝、時間どおり受診室へ行くと、

「夕べは痛んだでしょう？　じゃ、眼帯取りますよ。見えたら見えたって言ってくださいね」

「…、う〜ん？？？　って、ウソです。先生、とってもハッキリと見えます。ドンピシャです。ありがとうございます」

受診室に集まって事の成り行きを見守ってくれていた先生、検眼士さん、看護師さんから一斉に拍手が起こり、私の肩を抱きしめる人、手を握る人、皆さんが思い思いのパフォーマンスで手術の成功を祝福してくれていました。受傷後、二年半にも及ぶ私の眼帯生活にピリオドを打つことができた瞬間でした。

第七章

闘病生活の終わり

健常者の世界と障害者の世界の間にある部屋

長い入院生活の中で、私は、私の日常が何であるのか、その本質さえあいまいになってしまうほど不安定な自分を感じる日々があいかわらず続いていました。私は自分の考えの基軸を健常者の意識の中に置くべきなのか、そうすべきでないのか、障害者のその中に置くべきなのか、置くべきでないのか、ずっと長い間迷い続けていました。どうしてもその部分に決着をつけないと私は一歩たりとも前進できないと考えていたのです。しかし、毎日のリハビリ生活でも病棟生活でも、考えても考えても希望的観測と絶望的考察が交錯するばかりでなかなか結論に至るものではありませんでした。そのことは時として意味不明のいらだちとなって私を苦しめ、受傷してから今日まで幾度となく考えては絶望し、絶望してはまた考え直し、同じ問題について堂々巡りの日々をただ繰り返していました。

私は健常者の世界と障害者の世界のこの二つの世界は、精神的にも肉体的にも直結しているものとばかり思っていました。しかし、重度、軽度の差はあるにしろ、病気になるや否や、あるいは事故で受傷するや否や、その瞬間に健常者から障害者へとすんなり入っていけない、「混乱」と「倒錯」という、考えもしなかったとんでもない大きな部屋がこの二つの世界の間には待ち受けていたのです。

それに気づく人、気づかない人、それを感じる人、感じない人が当然いるのでしょうが、私の場合は図らずもその部屋の中で元いた健常者の世界へは帰ろうにも帰ることができず、そしてまたいま、まさに私が出てきた健常者の世界の出口はすぐそこに見えているにもかかわらず、そのドアの前にはとんでもないバリアが張られているように思えてなりませんでした。そして二度と再び、決してそのドアには近づくことさえできませんでした。しかしまた一方で、障害者の世界の入り口を思い切って押し開ける勇気もなく、正体不明の真っ黒な空間から取り囲まれ、「私の意識」は身動きもできずただ途方に暮れるのみでした。しかし、ある日の院長回診のとき、院長先生がいみじくも言われた言葉に私の心は一瞬立ち止まりました。

「もしも万が一、一人になるようなことがあったとしても死なずに生きていけるように、がんばりましょうね」

瞬間、私はその言葉の意味がわからず、

(この私が死ぬ？　一人になる？　はぁ？)

そんなことなどあるはずがないと私はそんな究極の悲観的な言葉を心の中ですぐに否定しました。私の頭の中では受傷前の日常である「あって当たり前の世界」が私の「傲慢」として、いまだ厳然たる事実として存在していました。命は「あって当たり前」だし、妻がいるから一人ではないのが「当たり前」、そう思っていたのです。なぜ、院長先生はあんなことを言ったのだろうか?

私は、「もしも私が一人になったとしたら…」について考え始めました。朝、起床してから、夜、就寝するまで日常の所作を一つひとつゆっくり検証してみました。そのことは冷静に謙虚に、考えれば考えるほど何一つできない自分を認識させられる羽目になり、さらに強い恐怖感が募ってくるテーマとなって重く私にのしかかってきました。その言葉の持つ意味の深さと重さに愕然としました。私は、何がなんでも決してそんな自分を率直に見ようとせず、仮想空間の中に身を置き、気宇壮大なことを考えては厳しい現実から逃避し、そして否定することでやっと自分を保持し続けられていたのです。私が自身を障害者と位置づけし障害に対して真正面から向き合わなければ、永遠に「混乱」「倒錯」「絶望」「暗闇」という世界からは絶対に抜け出せないと思った瞬間でした。

夢を武器に戦闘開始

それは、受傷後二年半が経過していた頃だったでしょうか、そのとき私は初めて「思い切って」障害者の世界の入り口を開け前進することを決心しました。私は自分自身のとらえ方を

「以前はできていたのに、あれもできない、これもできない」から「あれもこれもできていなかったのに、こんなこともあんなことも少しずつだけどできるようになった」と自分の中のすべてのチャンネルを切り替えることにしました。まだまだ不安定な思惑と思いどおりにいかないわが身との不均衡な関係に悩まされ、どんなときでも脳裏にこびりついて離れようとしない「健常」という比較の対象を頭の中から追い払うことにしました。

元来なのか、人生の途中で社会経験を積む中でそうなったのか定かではないのですが、どちらかというと何事にも立ち向かうことが好きで、そう生きるほうが得意な私が想定した舞台はやはりこの世界でも一番自分にふさわしいと感じる「戦場」に置き換えてみることでした。まだ現役の頃、私は社会を「戦場」と見立てがんばってきました。しかし、それは言い換えれば闘争的に生きていた私が社会を「戦場」と見立てていたからこそがんばれたということであるのかもしれません。そして私はいつも、「挑戦する戦士」。だから、「夢」の途中では降参はしない。そんな単純なモチベーションのおかげで、いつもポジティブに生きていることができていたような気がします。しかも、アグレッシブに。

そして、そんな私が闘うために、まず最初に選んだ武器は「夢」でした。一度は粉々に粉砕されてしまった私の夢を「もう一度つくり上げる」ということでした。完了形的に「夢などもうみることなどできなくなってしまっていることだ」と決めつけてしまっていた私は、ともすれば自虐的になっていた自分を少し解放してみようと思い始めていました。「傲慢」と「謙虚」の守備範囲もわからないまま「夢」を持つことが傲慢のように思えてしまって、一番大切な「夢」を持つことまで控えてしまっていました。

「夢」なくしては、その闘う相手も取るべき手段もその目標に向かって自分がいま何をすべきかさえも照準の定めようもありません。現役の頃、夢に向かってまい進していた自分とはあまりにも取り巻く環境は一変してしまい、そして、私の闘う相手も以前の「自分以外」から、いまでは完全に「自分自身」に移行していました。敵も味方も闘うのは「自分自身」でした。そうして、再びつくり上げた「夢」の内容は以前の「夢」とはずいぶん異なった形になりましたが、しかし「夢」の整理ができたことで私の心は抜けるような透明感のある光り輝く青空のように澄み切っていました。そしてさらに、次の武器は自分の誇りを失わないこと、つまり「信念」をしっかりと持つということでした。それは、私が自分自身の障害をどうとらえ、どう位置づけをするかということでもありました。その基軸さえ「ブレ」なければ、きっと前進できるにちがいないと確信していました。そして、さらに必要なのが冒険心をも含む「勇気」でした。

以前、まだ私が受傷して一年くらい経った頃でしたか、リハビリ病院に入院してほどなく、日常となっていた入院生活から気分転換をしたく病院から外泊許可をいただき、その病院の近くのあるホテルに宿泊しました。部屋に行こうとエレベーターに乗り込んだら、その日はとても混雑していて、エレベーターは宿泊客でたちまちいっぱいになりました。車いすに乗った私は周りの人たちから取り囲まれた格好になり、それがとても威圧的に感じられ、まるで周りの彼らがそびえているかのように見えてなりませんでした。そして、被害妄想的に皆から見下ろされているシチュエーションを想像してしまい、それに心がついていけず私はその場でついに一度も顔を上げることができませんでした。

「すべて」に対して戦闘が開始されました。そう、思いました。

リハビリスタッフの情熱に応えるために

ＰＴ・ＯＴのスタッフの皆さんは、とても親身なリハビリをしてくれていました。私の体調が悪いときや精神的に少しでも沈んでいると、必ず温かくて、そして私が安堵できるような言葉をかけてくれました。私はスタッフの方たちから勇気を削がれたり、あるいはひるんだりするような、いわゆる「負の言葉」を一度も耳にした覚えがありません。そのことが私を含め、ほかの多くの患者さんに勇気と自信を与えてくれていたのは間違いないと思います。

患者にとって肉体的なリハビリ治療が重要なことは言うに及びませんが、それと同等なほど患者の多くは心のメンテナンスも必要としていました。通常では考えられないほど神経は極細の絹糸みたいにか細くなり、先生方をはじめリハビリスタッフの一言一句に敏感に反応し、そして時には一喜一憂していました。先生方やスタッフ皆さんの言動は私たち患者に対して配慮されているのが随所で感じられ、そのことがとてもうれしく心から感謝していました。

おかげさまで、私は自分でも不思議なほどスタッフの方たちや看護師さんに対して心の窓を開くことができるようになっていました。人事異動でＰＴ・ＯＴのスタッフが担当を代わり新しいスタッフになっても、まったくスタッフの皆さんのその姿勢が変わることはありませんでした。いつしか私の気持ちの中でリハビリをして回復することは自分自身や家族、応援してくれている親戚、友だちのためであるのは当然なのですが、同等かあるいはそれ以上に情熱的で親身になってやってくれているスタッフの方たちや看護師、医師の皆さんのためにも問答無用にがんばらねばならないと、これは「男」としてがんばらねばならないことなのだと強く思い始めていました。

現役の頃から私は自分を「商品」だと思ってやってきました。「商品」だからこそ自分に付加価値をつけ、商品価値を高める必要がありました。しかし、この病院で、リハビリ・スタッフや医師、看護師さんたちと接し、私は初めて自分を「一つの物」ではなく、「一人の人間」として感じるようになりました。「物」はいつも専門的な技術や知識を要し、猜疑心に満ちあふれ利潤追求のみを主体とし、プロセスなどは一切不必要で結果のみが結論の世界でした。しかし、皆さんのこんなにも患者のことを思ってくれる情熱的な姿に私は自分の価値観を変えずにはいられませんでした。

医療に従事している方々のメカニズムと私たち企業人のそれは、業種業態は異なってもたぶん同じだろうと長い間そう思っていました。しかし、それは間違っていました。私は自身を「物」だと思っているから、基本的な部分ですでに価値観が違っていたのでした。「状況」のとらえ方は企業という競争社会の中で長年を過ごし、いつのまにか身に染みついてしまった即物的で多面性のない範囲でしかそれをとらえることができなくなっていたかのように思えてなりません。そして、現在のリハビリ病院で繰り広げられている毎日のリハビリやそのスタッフ、医師、看護師の皆さん方と日常を接することによって、やっと私はこれまでの自分の「状況のとらえ方」に疑問を持ち始め出していました。

特に感じたのは「時間」についてでした。私は「時間」というものに関して、ただ「後退を伴わない、スピード」という観点でしか興味がありませんでした。より早く、そして、より合理性に富み、いつも「最短時間で最大効果を」を狙っている気持ちがその象徴でした。

時間の持つ柔軟性や小さなポケットに挟み込まれたような無駄とも思える時間の重要性など、そんなことなど露ほども考えず私は必死で窮屈な時間の使い道ばかりを追求していました。リハビリ室でほかの患者さんと接するスタッフの「時間」の使い方を見ていると、あるいは医師や看護師さんの患者に対する「時間」の使い方を見ていると、押したり引いたり、ある患者さんにはゆっくりとそして長く使い、ある患者さんには手際よく使い、「時間」というものに対し「後退を伴わない、スピード」という固定観念の中で生きている私とはずいぶん様相の違うものに映っていました。目の前で繰り広げられている「時間のバリエーション」を見ている思いでした。そして、毎日続けている自分のリハビリを振り返り、一心不乱に前進ばかりを目指す柔軟性のない、余裕のない自分に不足している事柄が何なのか見せつけられる思いがしていました。

非常に傲慢ながら、自分で自分の人生の長さを一応八十年間と想定して生きていた私は、その時間の長さを測る尺度を、いつも歴史本の年表を紐解き、そして実際年表を広げて見ながら現在の自分を年表の中に押しはめ「いまを知る」ことで感じていました。一万数千年にも及ぶ人類の歴史の中でのわずか八十年間ですから、その人生の「短さ」たるや生きていることそれ自体、まさに「疾風」みたいなものだと、だから急いでより多くのことを経験せねばならないと。「質」より「量」のことばかり考え、先を急いでいたような気がします。身近で展開されるリハビリスタッフの皆さんの時間の使い方を見ていると、自分の人生の「質」についてもやっと考えられそうになってきました。受傷後、三年が経とうとしていました。

ついに自宅へ！

スタッフの皆さんの熱い指導のもと日々のリハビリの成果も上がり、私は両杖で歩行訓練ができるまで回復をしていました。入院生活での日常的なことはまだまだ介助を要することばかりでしたが、そんな私にいよいよ、長い、長い闘病生活に終止符を打つべき退院の話が出てきました。

現在の住居は階段が多くこの状況下で退院できたとしても、とてもわが家には戻れそうにもありませんでした。退院後も外来で通院リハビリを望んでいましたので、できれば病院に近いマンションがあればと思い物色していたところ折しもオーナーズ・デザイン・マンションとして売り出し中の物件があり、私のような状況下でも生活ができるよう間取りを随意にデザインできるということだったので思い切ってそのマンションを購入することにしました。「バリアフリーの住居」といっても、それについて私たちにそれはどの知識も情報もありません。そこで私はＰＴ・ＯＴ・ソーシャルワーカー・看護師さんにお手伝いをしてもらおうと思い、業者の方も含めたミーティングを開いてもらうことにしました。テーマは「こうだったら、よいのにね」でした。


玄関の段差は、なければよいのにね。

この部分に、手すりがあればよいのにね。

ドアのすべてが、自動ならよいのにね。

車いすのまま、ベランダに出ることができればよいのにね。

などなど、配布した部屋の図面のコピーを皆で見ながら、実現する・しないは別にして、考えられる一番理想に近い項目を次から次に挙げ、合計で三回もミーティングをさせてもらいました。項目の採用可能なものをできるかぎり取り入れ、そしてついに私たち夫婦にとって最適の間取りを取り込んだ空間と設備で新しい住居が完成しました。入院から三回目の師走、言葉では言い尽くせぬほどの感謝を胸に私たちはお世話になったリハビリ病院を退院しました。


何年もの長い間、決して見たくはないのにボンヤリ見えていたのは隔離された場所、つまり実生活の場所には戻れないであろう自分でした。リハビリ病院を転々とする中で、いつの頃からか私はたとえそれが神様によって生かされた人生であったとしても、そしてそれがたとえ尊崇の念を抱かなければならないことであったとしても、それは自分にとってはもはや「付録の人生だ」と考えてしまっていました。自分の超スローな進歩にいらだって何度も何度も疑心暗鬼になり、そのたびにリハビリに失望していきました。そしてそれは間違いなく、私の希望の減退に直結したものでもありました。師走の風は本来なら冷たく乾ききっているはずなのに、こんなにすがすがしく感じるとは…。絶望的で理性の枠を突き抜けてしまいそうだった入院当時には思いもつかないことでした。

新たな試練のプレゼント!?

しかし、私には退院の喜びとは別にとても大きな不安がありました。それは、また始まろうとしている妻との「二人だけの生活」でした。四年以上に及ぶ入院生活、つまりそれは四年以上の「制約された生活」でもありました。すべてにストイックになることを余儀なくされた私と多少の制約はあるにしても、ほとんどを「解放された生活」の中で過ごした妻との共同生活についての不安でした。「制約」と「解放」のもとで四年間を過ごした二人が同じ屋根の下で生活を始めるわけですから当然のように摩擦が生じ始めました。それは、退院して十日ほど経った頃から顕著にあらわれ始めました。

私は現役の頃、日々仕事に忙殺され家族と毎日の食事を共にすることができず、また妻と一緒に過ごす時間も少なく、まして妻と朝、昼、夜、三度の食事を共にしたことなど年に数回くらいしか記憶にありません。ボタンをかけ違えたような時間の「ズレ」のせいでお互いが口にする食事の内容はあまりにも違い、そしてあまりにも変わってしまった生活習慣を感じ、長い入院生活で私の基礎体温は三十五度台まで下がってしまい、妻とのその差は明らかで体感温度まで違ってきていました。それによって着る服の枚数、暖房の温度の差などなど摩擦の原因となるその一つひとつを挙げれば枚挙に暇がありません。摩擦は拡大の一途でした。

（これも神が与えてくださりし、試練？　与えてくださりすぎだよ、プレゼント！）

私は心の中で一人ブツブツ言っていました。日ごとに増す二人の摩擦を鎮めるために、私は大きくわれわれ夫婦を「言葉」と「行動」に分類してみることにしました。妻がどの種類の言葉を好み、どの種類の言葉に嫌悪感を抱くのか、私のどのような動作を嫌い、どのような動作なら問題ないのか、それに対して私自身はどうなのか。それらを検証するかたわら、妻と何度も何度も話をしました。私は私たちを事故前の状況から現在の状況までを時間を無視し、そのままスライドして考えてしまえばきっとうまくいかないと考えました。以前とは持っている状況が違いすぎるのだと自分に認識させ、刻み込まれた数々の二人の資料をすみやかに訂正しました。そして、「夫婦」という至近距離のスタンスから一歩引いて「人間対人間」というスタンスに置き換えてみました。大局的に、人間なら「違い」よりも「共通点」のほうが多いにちがいないと大きく原点に立ち返って考えてみることにしました。それぞれ「言葉」と「行動」での「共通点」となるアイテムを羅列し検証し、また一方で「違い」を特定する方法でした。そして、私も障害者ではない妻に対して障害者である私を「理解してもらう」ことより、ただ、「認識をしてもらう」ことをお願いしました。つまり、「わかってほしい」から「わかっていてほしい」に私自身も少しだけ自分の軸を切り替えました。そして、その戦略は見事に功を奏し、やがて退院後三カ月ほどで摩擦は消えていきました。

大きく変わった幸福感

その年の夏、参議院議員の選挙が行われました。入院中にも何度か選挙があり、そのたびに病院で不在者投票をしてはいたのですが、当日、現場で投票できるのがうれしくて、その日は朝からドキドキしていました。マンションから二〇〇メートルほど行くと中学校があり、そこの体育館が投票所になっていました。私は投票所に向かう途中、かつて出張で行った大阪の御堂筋で、同じように街路樹にとまった蝉が激しく泣き、強い夏の朝の始まりを知らせていたのを思い出していました。電動車いすに乗って投票所の中に入って行くと、過去に何度も何度も見てきたはずの光景ながらいまその中にいる自分の存在の不思議さとこみ上げてくる喜びで、しばしその光景を楽しまずにはおれませんでした。投票も済んであまりにすがすがしい気分だったので、私は妻に、

「久しぶりに、うなぎを食べに行こう」

と誘いました。

長い入院生活の中で時には外出して外の景色を眺めてみるのも、また気分転換になっていいだろうと思い、助手席が回転しながら降りてくるタイプの車両をすでに購入していました。そのわが家の介護車両に乗って、数年ぶりに見る街並みをとても愛しい思いでキョロキョロしながら、街の隅々まで決して見落とすまいと一生懸命車窓に繰り広げられる景色を眺めていました。午前十一時頃のせいか、まだ店内は空いていました。小さい日本庭園が見える窓際の席に座り、久しぶりに食べるおいしいうなぎに舌鼓を打ちました。

「しかし、やっぱりうなぎはここではなくて、XX屋さんよねぇ」

「そんなことを言うと、このお店に失礼でしょ」

夏の冷やされ解放された心地よい空気の中で、私たちは勝手なことを言い合っていました。日本庭園のある店の敷地の向こうは大通りになっていて、歩道を行き交う人たちの笑い声も車のエンジン音も私にとっては気持ちのよい喧騒になっていました。そんなささいな事柄に、私は改めて「幸福」を感じていました。きっと、小さな「幸福」というのはその人の「心

構え」と「機会」が重なったときにそれは「幸福」となるのではないだろうか、きっとそうにちがいないと緩んだ大切な時間の中で私はそう考えていました。

現役だった頃の私は「幸福」とはたぶん塊となって一度に押し寄せてくるもので、しかもそれは私の収入に比例しているのではないか、仕事が順調に流れ収入が増え、そして家族が豊かに暮らせ出したときに…。恥ずかしながら、とても傲慢でとても利己的な思いを持っていました。単一的な価値を「幸福」の基準にしていた私は、そんな自分を恥じました。「幸福」など最初から大きな塊などではなく、もっともっと小さなものでその小さなものたちが集まって、そしてはじめて「幸福の塊」となって私たちの前に訪れる、まるで銀河みたいなものではないのだろうか。私は、とても大切なことに気づいたような気がしていました。

楽しくなければ、人生じゃない

その翌年の夏、私は一度行ってみたいと思っていたハワイ旅行を計画しました。社会人で現役の頃はあまりにも日々の業務に忙殺され、瞬間的でさえも「ハワイ旅行」の思いが頭をかすめると「自分だけそんなよい思いをしてはならない」と仲間に遠慮をしながら、すぐさまその甘ったるい考えを否定したものでした。しかしながら、いまのこの状況下では少しの自制も感じる必要性はなく、むしろ思い切って「冒険旅行」をしてみようと決心しました。

私たち夫婦と息子、お世話になった義姉と姪との五人旅でした。海外旅行などとても怖くて怯んでしまいそうになるのを、息子の嫁ができるだけ安心して楽しい旅行ができるようにとインターネットでたくさんの情報を私にくれ、そのおかげで私の頭の中では旅行に関しての準備は周到すぎるほどできていました。出発の前日、午前のリハビリも終了し帰り支度をしていると、ＰＴさんが、

「いよいよ明日出発ですね。お気をつけて楽しんできてくださいね。今日でとりあえず、私たちの役目も終了です」

「役目が終了って？　何ですか？　それ」

「実は、池ノ上さんにとっていよいよの海外旅行ですから、出発の日まで万が一もあってはいけないということで、蓄積疲労は大丈夫かとか、絶対転倒とかの事故は起こすまいとか、もちろん普段も十分に注意はしていることなのですが、特にこの期間はと思い、皆でチームを組んで十日ほど前からさらなる注意をしていたのです」

私は胸が締めつけられるほどの感動で、すぐには言葉が出ませんでした。主治医の先生も、私たちの初めての海外旅行ということで、もしも現地で身体的な不測の事態が発生したとき

には「病院で、これを見せなさい」と、私の身体に関する詳細を英文で手紙を書いてくれていました。なんという人たちなのだろうか。このやさしさは一体なんだ？　人間ってこんなにもやさしくなれるものだったのか？　「思いやり」とか「やさしさ」が希薄な競争社会で生きてきた私には、すぐ「心」になじんでしまう出来事ではありませんでした。

受傷後、すでに五年以上が経過しようとしているさなか、私の思考回路の一部はまだ欺瞞渦巻く競争社会の只中にあって「人」に対する不信感は完全に払拭されていなかったのでしょう。私は心の中で展開される、まだ変化を遂げてない自分との遭遇に戸惑いを憶えていました。そして、そんな自分を認めながらも、また一方でこの病院の大勢の方々と知り合うことができたことによって、恥ずかしながら私たち夫婦は本当に多くのことを学んでいました。私たち夫婦にとって、それはまさに「革命的」と言っても過言ではありません。

そんな日常の中でついに私の積年の希望である「ハワイ旅行」は決行されたのです。私の「恐る恐る」の思いは、日本を出発するときからも含め、また現地の方たちの健常者への接し方となんら変わらない態度に触れることにより見事なまでに払拭されていました。鎧兜に身を固め、完全なまでに防御していた私の心が滑稽なものに思えてなりませんでした。それどころかこの旅行で、これから先研ぎ澄まされた刃金の上を歩くような「厳しさ」だけがあるように思えていた私の人生もなんだか楽しく生きていけるような気がしてきて、それはまた私のさらなる自信へとつながっていきました。かつて私の部下だった女子社員が二度も三度もハワイに旅行した理由を、行ってはじめて納得しました。まさにそこは南国の最高のリゾートゾーンでした。障害者となってはじめて経験した生涯を通しての「忘れ得ぬ旅行」になりました。

二つの世界にある一つの真実

楽しかった旅行も終わり、また私の日常のリハビリが再開されました。

しかし、まだ私が企業人だった頃には決して感じることがなかったあまりにも多くの感動に遭遇し、あまりにも人間のすばらしさを実感し、私はいま自分ががんばっているリハビリのとらえ方に、少し変化が起きているのを感じ始めていました。

歩行訓練をしている私が言うのも少し変な話になるかもしれないのですが、また「歩ける」という事実はとてもすごいことに変わりはないのですが、確実に、そして紛れもなく、それも人間にとっては決定的に重要ではないような気がして…。

決して消極的な思考法ではなく、それどころか人生にアタックするような積極性の中で考えると、差別化を図って孤立化に向かおうとしているのはむしろ私自身じゃないかと思えてきていました。両手両足があるとかないとか、物をつかめるつかめないとか、歩ける歩けないとかも含め、そのことはそんなに大きな意味合いのものではないのではないだろうかと…。刻一刻と時は確実に刻まれ、紛れもなく確実に訪れる「毎日」の中で生きている「生」の実感を直視せざるを得ない状況を伴って、何事に対しても背を向けたまま、目を背けたままで生きられるはずもありません。「生きるということ」の目的も、その理由も、あまりにもテーマが壮大すぎて、哲学的で抽象的で私自身のことでありながら、いざ真正面からそのことに向き合うとたちまち濃い霧の中で模索するようなとらえどころのないものに変わってしまい、私自身、意義づけなどできなくなっていました。しかしながら、「生きるということ」を逆に「死んでしまうこと」に置き換えて考えてみると人間はいかにも儚い時間しか生きられないから、だからこそ、たとえこの身に障害を負ってもなお、たぶん、そのことはきわめて希少の価値があるにちがいない、そう思えるようになっていました。しかも、それには「決心」がいることなのだと自分に言い聞かせ、残された時間を弾力的に生きようと思っています。そして、「人間」という摩訶不思議な生き物の中にあっては、きっとまだほかに大切な何かに目を向けていなければいけないだろうと…。

「楽しくなければ、人生じゃない」

若い頃から私が思い続けていた言葉であり、私の人生に対する屋台骨になっている言葉だとも言えます。すべてはこの言葉に回帰するために行っているといっても過言ではありません。しかし、だからといって、人生なんていつもいつもそんなに楽しいはずもなく、だからこそより楽しくなるように努力をし、逆にもしもいま送っている人生が楽しいと感じているなら、その楽しさが一分一秒でも長く持続できるように努力せねばならないと。紆余曲折の人生の中で、ふとしたことから大切な大切なこの言葉を私はどこかに置き去りにしてしまっていました。いままたそれを取り戻し生きていることに「重み」を感じ、大切に「時間」を使って生きようと思っています。

私がまだ健常だった頃、私は自分を「物」とみなし、それゆえに専門的な技術や知識、人脈、金脈などで付加価値をつけその商品価値を高めようと図っていました。そして、「夢」「信念」「勇気」「情熱」を武器と見立て、連動して「社会」という戦場で戦ってきました。しかし、障害者として、私にとっては二つ目の世界で、前へ、前へ、前進しようと決心したときにも、私が手にした武器はくしくも一つ目の世界、健常者の世界のそれと同じものでした。自分の位置づけとか自分自身のとらえ方というのは、自分が「人間」である以上、健常者の世界でも障害者の世界でも結局境界線などはない、それどころか完璧に同質のものなのだと強く思いました。

健常だった頃の私と比較して、大きく決定的に違いを感じるのは私は「物」でもあるが、「人間」でもあると思えるようになったことでした。健常だった頃の私はあまりにもすべてが直線的で、確実にその部分は欠落していたかのように思われます。一番大切なものを忘れるところでした。花を見て、その花の美しさを感じ癒され、鳥たちが空中に向かって飛び立つあの震えがくるような勇気も、人のやさしさも。人に対して持つべき思いやりを持つことにより、だんだんと自分がより「人間」になっていっているのが感じられるようになってきました。そして、いまあるこの状況も、そんなに悪くはないなと考え始められている自分がいまはとても気に入っているのです。たしかに体は少しばかり不自由ですが、心はそれほど不自由ではないのです。人間が幸福であり続けるための基本的、絶対的ルール「自分がされて嫌なことは、他人にもしない」。こんな人間的な簡単なルールさえ、果たして私は守れていただろうか？

日々感じて生きてきた、「物」と「人間」の間での「自己矛盾」の一つが解決したかのように思われました。そんな過去の自分を問い、そして、少し恥じらいを持っていまの自分を眺めている今日この頃です。私たちの歩いているこの道もまだまだ先が長く、きっと険しい道のりで幾多の困難が待ち受けているのでしょうが、すばらしい人たちに巡り会うことができた幸運に感謝をし、そして、教えていただいたたくさんのやさしさの中で「人間らしさ」を引き連れて、迷わず「爆進」することを深く強く心に刻んでいます。

第八章

現在の生活

初めての笑顔

退院して外来リハビリに通うようになり、自分の周りにあまりにも笑わない患者さんが大勢いることにも気がつきました。そういう私も考えてみれば、あんなに日常的に笑っていたのに、あふれ返るほどの絶望感のせいでまったく笑うことができなくなっていたことを思い出していました。いつだったか、ある日曜日、病院から外出許可をもらった私たちは偶然にもリハビリスタッフと一緒に食事に出かける機会を持つことになったのです。

その日の夕方、介護車両で現場に着くと心配そうに見守ってくれていたスタッフの一人が「サッ」と私の車いすを歩道の段差分、前輪を浮かし誘導してくれました。楽しい食事の時間には、別のスタッフが不自由で一人では何も食べられない私の食事介助をしてくれました。ほかのスタッフもなんとか私に楽しい時間をと思ってくれたのでしょうか、おもしろい話を次から次にしてくれ私の目を見ながら話をしてくれる皆の一生懸命さに、いつしかその笑いの渦の中に引き込まれてしまい、私たちも一緒になって大きな声で笑い出していました。そして、そんな楽しい時間は「あっ」という間に過ぎ、気がつけば私は受傷後初めて笑うことができていたのでした。笑う自分に再び会えたことが本当にうれしくて、なんとか私を楽しませてくれようとしているスタッフの思いやりのある気持ちが伝わってきて、それがまたうれしくて楽しい楽しい食事会となりました。日常のリハビリスタッフの専門的な知識や技術とはまた別の世界に触れることができ、そしてそのことを契機に私の屈折した気持ちもだんだんと少しずつ解けていったように思えてなりません。

「毎日」を送る生活の中で、重度障害者となった私と介護してくれている妻は共に健常な方々が抱く将来への不安とはまた異質な大きな不安を自分たちの将来に感じていました。もしも私に何か異常が発生すれば妻の生活はその瞬間から一挙に制約され、その逆の場合も同様で、それは私の入院とか施設への入所とかの選択を意味しているということでした。そっと吹いてくる風に落とされまいとがんばっている綿毛のような、非常にデリケートな生活でもありました。また、いまを「日常」として生活できるよう私は妻に生活を維持するための「ルール」を提案しました。

一日のタイムスケジュールを立て、起床、就寝、毎度の食事など決められた時間どおりに生活をする。私にとって時間の不規則さは、自分の体のさらなるアンバランスを生み、ひいては精神的な支柱までもが狂い出す、そんな意味合いを持つのです。時間を中心とした、しっかりとした一日をつくり上げなければ何も成立しないほどなのです。また、食べ物に関しても「もったいない」の基準から、それは「健康にいいかどうか」を優先基準にすることにしました。そうすることで少しでも「食」によるリスクを減らそうと思ったのです。食事の量も管理しました。異常は即いまの生活の停止につながるわけですし、もしも起こってしまえば、その原因を追及するのも規則的に行っている部分を取り除くところから始めればより簡単だと。

障害受容を考える

リハビリに打ち込む生活が続いている中、障害で歩くことも物をつかむこともできなくなった私は、しかし、それでも自分の人間としての大切な何かがまだほかにもあるのではないかと、たとえ米一粒分でも前進しようという気持ちの中でそう思っていました。なんとかいまの自分を保持しこの先さらに生きていくために私はすでに「価値観を変える」という作業は終えていました。しかし、いまある価値観をさらにもう一段ギアチェンジすれば、もう一度人生を組み建て直せ、さらなる前進ができるのではないかとも考えるようになっていました。そして、そのことがとても重要なことではないのだろうかと。

そんなことを考える日々が続いていたある日、リハビリが終わったその日の午後、私はこ

のことを雑談的にリハビリスタッフに話してみました。するとそのスタッフは、

「それは『障害の受容』と言うんじゃないですかねぇ」

「『障害の受容』…ですか」

初めて聞く言葉でした。障害者に対してどのような意味を持つのか、それはよい意味の、例えば障害者としての精神的な落ち着き感みたいな響きにも聞こえるし、障害を受け入れてしまった障害者はゆえに自らの前進をやめてしまっているという意味であるのかもしれないとか、無知の中で考えあぐんでいました。しかし、話を聞いているとそれはとても重要な現象や考え方なのだと、そんな意味合いのことをリハビリスタッフの方は言っていました。それからしばらくして、いつもどおり平行棒でリハビリをしていると医師が来ていろいろ立ち話をした最後に、

「ところで池ノ上さんは障害の受容とかについてはどのように考えておられますか？」

と尋ねられました。以前その言葉を聞いたとき、よくは理解できていなかったのですが、その当時リハビリスタッフと話している中でそれはどうやら障害からくる失意や絶望感、自信の持てない自分の将来に対する不安や恐怖感が何かの作用で少しずつやわらぎ始めた精神状態になっていること、そして少し精神的に前向きの状態にあることかなと勝手に解釈していた私は、

「適切な答えになっていないかもしれませんが、外来リハビリで何年も私と同じようにがんばってきた患者さんが二人いて両方とも私より四、五歳年上の方で、その方たちはリハビリを終えた後、必ず「だめだ」「悔しい」「行ったり来たりだ」なんて後ろ向きな発言ばかりをされる。それを聞いた私はいつも『それでもがんばりましょうよ、ぼちぼちでも』と言うのですが、また反面ですごくガッカリしてしまうんです。まだそんな精神状態でいるんだなぁ、って。そこの部分はもう抜け出し、さらに次の段階に行ってほしいなぁ、って。そうでなきゃ、お互いつらい時期が長すぎますものね。障害の受容って、そうやって自分の精神状態が少しずつ楽になり、少し自分に自信がつくようなことを指すのじゃないですかねぇ」

そう答えると、医師は続いて、

「じゃあ逆に、そんなことはないのかもしれませんが、障害を負って何かいいこととか感じたことなどありますか？」

と、尋ねられました。実は私にはそう感じる部分が少なからずありました。それが「いいこと」だと言い切ってしまうほどの自信はないのですが、現役で社会人生活を送っていた頃の私は自分の夢を追いかけ、また自分を「物」と思い、自分に付加価値をつけねばとひたすら人生を突っ走っていました。もちろんそれを否定などするものではありませんが、しかし、それがゆえに大切なこと、例えば人間としてどうあるべきかなど本質的な部分で考える時間はほとんど割いてきませんでした。商業的な利害関係で人間関係を保っていましたから、やさしい言葉を使った心通わせるような会話とか相手を思いやる気持ちとか、そんな人間的でやわらかな温かみのある感情など感じたり考えたりする余裕などなかったというのが現状でした。また、福祉関係の方とも親しくなっていろいろな会話をする中で、それは自分が恥ずかしくなるほど欠落した部分だということを深く認識させられたものでした。一日二十四時間という時間の使い方もそうでした。自分の時間でありながら、結局は何一つ自分勝手に使えない二十四時間でもありました。それが全部自分のために使えるわけで、そんな時間からのスッキリした精神的な開放感を感じたことをいまでも思い出します。そんな旨の話をすると、医師が、

「池ノ上さんに見せたい資料があるので、ちょっと読んでみませんか？」

私がぜひにとお願いすると医師はさっそく資料を持ってきました。冊子を開くと、そこには「障害の受容」に関する各分野の先生方の意見が「記事」として掲載されていました。障害を負い心の整理も覚悟もできないまま、苦しみのスパイラルから抜け出せず苦しむ障害者の心理の移り変わりが見事なまでに見抜かれていました。読み進んでいくと、私はある記事に目をとめさせられました。それはピラミッド状の図で三分野に等分に区切ってありました。一番底辺部が身体的次元で、真ん中が心理・社会的次元、最上は実存的次元とありまし

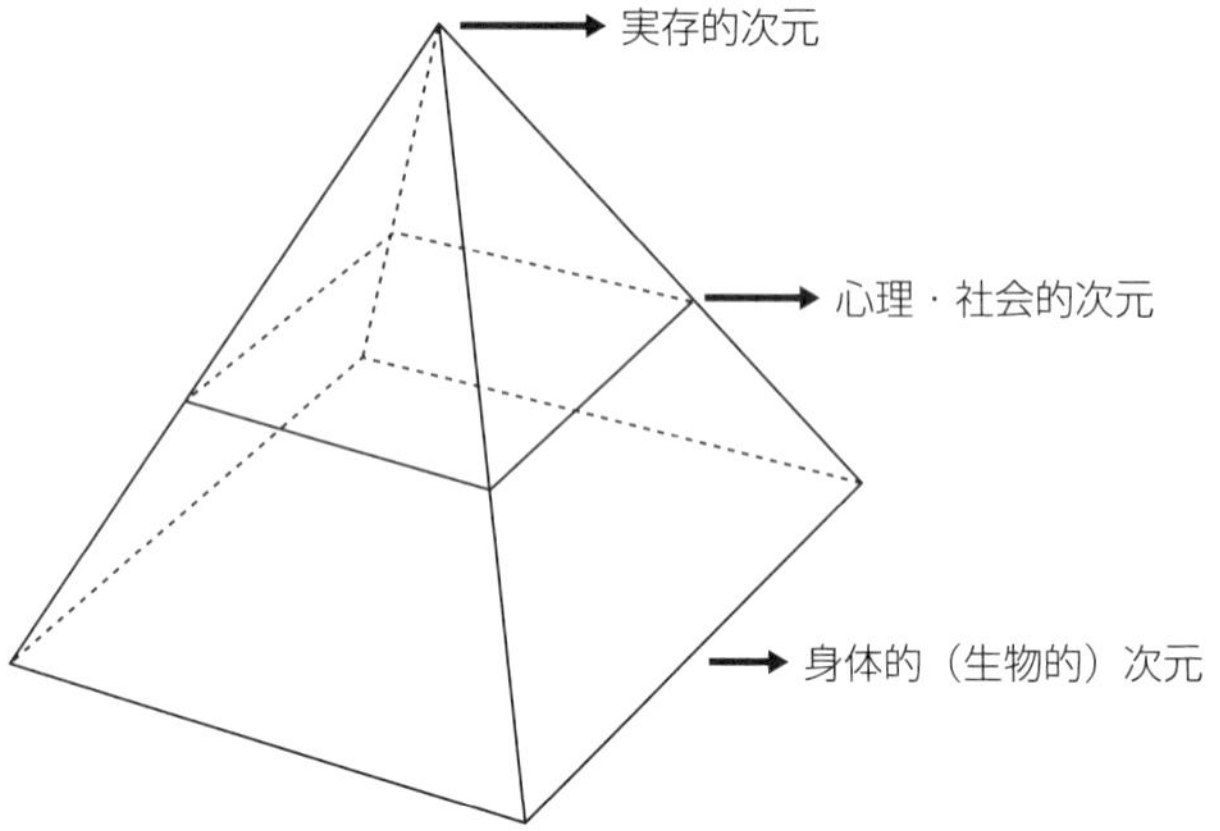

図　精神病理学が人間をみるとき使う 3 つの次元を示すピラミッドの図
（笠原　嘉：“理由のない不安”，不安の病理．岩波書店，p413, 1981 より引用）

た。初めて聞く難しい言葉ですが、解説を読んでいくと最上の部分に到達してはじめて障害の受容ができた状態に相当するであろうと結ばれていました。一番底辺の部分は面積も大きく、つまりこの段階で自分が負った障害で体の機能が失われたことを激しく悔やみ、絶望感に満ちあふれ、そのことにほとんどの時間が費やされてしまう悲壮な時間帯で、多くの人が多くの時間を悶々とした日々として送っている。次の次元で初めて社会環境に目が移り、社会に対する不満や不安、怒りなどを感じ、同時に自分が少し何かができ出し、それに喜びを感じたりする。そして、最上部の実存的次元では、障害を負った自分の役割や自分の将来について展望を語れるようになる、そんなニュアンスのことが書かれてありました。

神様の所業

　私は何度もその資料を読み返しました。そして、読み返しているうちに「人間」という摩訶不思議な生き物の中にあって、きっとまだほかの大事なものに目を向けていかなければいけないだろうとずっと私が思い続けていた疑念への大きなヒントをそこからもらえたかのように思え始めていました。率直なところ私はまだ、いまの自分が障害の世界での立ち位置をどこに置けばいいのか十分とらえられずにいました。受傷後のあの地獄の苦しさの渦中はなんとか脱出したものの、そしてすべての価値観を変えることによって社会に対する私の気持ちも整理でき、日常の生活や将来に対する展望についても組み立てが少しずつながらできつつあったものの、しかし、なぜかまだ頭の中の引き出しからこぼれ落ちたものが収まるべき場所がわからず、いくつか転がり落ちているような中途半端な気がしてなりませんでした。そしていま、その散らばったものを拾い集め、やっと引き出しに収めることができそうな気がしています。そしてさらに、資料にあった実存的次元の先には、また違う次元があるのではないか、そして、それは描いた展望を具体的に現実化しさらにその質を高めることにより成し得るような気がしています。

リハビリで身体的な機能が上がり、それが自分への自信となり障害の受容を感じる方も大勢いるだろうし、また一方で私のように重度の障害を負い、身体的な機能の回復からの人生に対する自信は得られなくても価値観を変えたり、精神的な充足感で障害の受容を感じたりすることができるのかもしれません。また、たとえその両方が同時に満たされなくても、どちらか一方だけででも、それらは得られるのではないか、身体的な機能が回復するとかしないとか、考えてみれば、それは自分の人生に対する「希望」とはまったく別問題なのですから。その資料を読んでいて強く、そう感じました。

何カ所目の病院だったか、夕方、病室の窓から遠く西の空を見ているとはるか彼方はきれいな茜色に染まり、車いすに乗った私はただそれを見るだけで、単に夕日が「沈む」というだけでそれはそのまま悲壮感であり、窓から抜けてくる朝日のまぶしい輝きも私には悪魔の輝きにしか見えないほど気持ちがすさんでいた受傷当時、いっそこの世から消え去り黄泉の国へ行ってしまいたいと思っていました。しかしながら、感謝の気持ちで自分史を上からの全体像として見させてもらえば、人生八十年間生きようと設計した中で健常であった四十九年間は思いっきり生かさせてもらい、それ以降の三十年は障害の世界で生きる。「あ〜、私の人生、そういうことだったのか」と初めて神様の所業に気づき、それならばなおさら、残された数十年はできるだけ濃密に有意義に生きねばならないと、そう考えられるようになりました。それらを含んだものすべてで「私の人生とする」なのですから。亡き父から受け継いだ「男たるもの、『潔し』をもって本文とすべし」を軸にし、いまはこれから先自分がどの方向を向きどう進んでいけばいいのか、迷うことも過去を振り返ることも、もう、ありません。

最後に、私たちがここまで辿り着くことができたのも、ひとえに私たちを支えてくださった皆様方のご指導、ご声援の賜物だと、心より、深く、深く、感謝しております。幾重にも、幾重にも、重ねてお礼を申上げたいと存じます。

継続は力なり
継続に勝る宝なし
奇跡は継続の結果なり

著者略歴

池ノ上寛太（いけのうえ・かんた）

1950年生まれ。交通事故で頭部外傷後遺症、四肢麻痺（受傷時、49歳）となる。受傷前は会社を3社経営するビジネスマン。

現在は自宅で妻と生活をしている。受傷後2年を経過した頃、当時入院していた病院の医師から勧められたことをきっかけにこれまでの闘病生活について執筆を始める。執筆活動は主に右小指と左小指に自助具（金属製の指サックに大豆を半分にカットし付けたもの。大豆の平面でキーボードを叩く）を使用し行っている。最初は1時間にA4用紙に3行程度が限界であったが、現在は1日3～4時間のパソコン入力が可能となっている。

リハビリの結果《けっか》と責任《せきにん》

―絶望《ぜつぼう》につぐ絶望《ぜつぼう》、そして再生《さいせい》へ

発　行　2009年10月10日　第1版第1刷

2021年 4 月10日　第1版第6刷Ⓒ

著　者　池ノ上寛太

発行者　青山　智

発行所　株式会社 三輪書店

〒113-0033 東京都文京区本郷6-17-9

☎ 03-3816-7796　FAX 03-3816-7756

http://www.miwapubl.com

印刷所　三報社印刷 株式会社

ISBN 978-4-89590-341-7　C 0095